JN062701

二十四節氣をゆく

漢詩漢文紀行

諸田龍美

創風社出版

二十四節気をゆく　漢詩漢文紀行

目次

はじめに　10
二十四節気一覧表　14
漢詩漢文地図　18
東アジア王朝年表　19

晩春 *** 清明・穀雨
清明節…………20
春宵一刻…………24
もてなしの心…………28
鳥啼き魚の目は泪…………32

初夏 *** 立夏・小満
薫風南より来たる…………36

背くらべ……40
麦の秋……43
ツバメの愛……47
仲夏＊＊＊芒種・夏至
若い苗……50
千里同風……53
アジサイの美……57
雨もまた奇なり……61
カタツムリ……65
晩夏＊＊＊小暑・大暑
星に願いを……70
五風十雨……74
一日花……78

夏休みの旅（上）…… 82
夏休みの旅（下）…… 85

初秋 *** 立秋・処暑

ちいさい秋…… 89
お盆のスイカ…… 93
空海の留学（上）…… 96
空海の留学（下）…… 99

仲秋 *** 白露・秋分

中秋の名月…… 103
心のエイジング…… 107
彼岸に願う…… 112
北京の秋晴れ…… 116
纏足と日本刀…… 120

晩秋 *** 寒露・霜降
重陽の菊……125
風景と生きる……130
行楽と悲秋……135
茶人の正月……140
初冬 *** 立冬・小雪
仲麻呂も見た月……144
波濤をこえて（上）……148
波濤をこえて（下）……153
錦秋から枯淡へ……157
仲冬 *** 大雪・冬至
香炉峰の雪……162
恩師の声……166

富国強兵の道……170
歳月不待人……175
晩冬 ＊＊＊ 小寒・大寒
歳寒三友……180
受験生の夢……185
正月から春節へ……190
春を探す……194
初春 ＊＊＊ 立春・雨水
梅花と詩人……198
和魂と漢才（上）……202
和魂と漢才（下）……206
一将功成りて万骨枯る……211
桃と雛祭り……216

仲春 *** 啓蟄・春分

デジタル人材と教育……220
論語と算盤……226
さあ、自然に帰ろう!……230
旅立ちと惜別の時……235

詩人紹介 240

あとがき 245

二十四節気をゆく　漢詩漢文紀行

はじめに

日本人は古来、四季に恵まれた風土で暮らしながら、独自の文化を築いてきました。春夏秋冬の移ろいを大切にし、季節の変化に敏感であることは、日本文化の特徴であり、日本人の繊細な感性を示すものでしょう。

しかし、歴史的に見た場合、日本は、朝鮮半島や中国大陸など、外来の文化から強い影響を受け、それらと融合しながら、初めて「日本人」となり、日本文化を形成していった、そのように言うこともできます。

従来の「倭《わ》」に換えて、「日本」という国号が使われ始めたのは、七世紀の末頃とされています。六四五（大化《たいか》元）年から翌年にかけて、中大兄皇子《なかのおおえのおうじ》（のちの天智天皇）と中臣鎌足《なかとみのかまたり》（のちの藤原鎌足）は、「大化の改新」を推し進めました。唐の律令制を手本としながら、中央集権的な国家の建設を目指したのです。その動きのなかで、国号の変更も行われ、七〇二（大宝二）年の遣唐使は、自分たちを「日本国使」として扱うよう、唐側に求めています。

この頃から「倭国」は「日本」となり、「倭人」は「日本人」になりました。「日本文化」

の伝統が、唐（中国）の文化と融合しながら形成されていったのは、自然な流れであったと見ることができるでしょう。

「二十四節気」も、そうした「中国由来の日本文化」の一つです。

中国では、二〇〇六年に、二十四節気が「国家級非物質文化遺産」に登録され、二〇一六年には「ユネスコ世界無形文化財」に採択されました。

二十四節気は、一年の太陽の動きに基づき、季節の推移を二十四等分して示すものです。三六五日という「一年の日数」を二十四等分するか、三六〇度という「地球が太陽の周りを一周する角度」を二十四等分するか、二つの方法があります。紀元前二世紀の前半から、長らく「日数を等分」してきましたが、十七世紀半ば、清朝の暦から「角度を等分」するようになったと言います。

しかし、どちらの方法でも、一つの「節気」は十五日前後になります。その「節気」一つ一つに「清明」「雨水」「立夏」など、時季の特徴を示す風雅な名称がつけられました。詳しくは、古川末喜《すえき》氏の『二十四節気で読みとく漢詩』（二〇二〇年・文学通信）をご覧ください。

二十四節気は、月の満ち欠けとは関係なく、太陽の動きを基準とするため、季節の推移を知る目安として最適です。二千年以上にわたって、四季のある東アジア（中国・朝鮮半島・日本）の農業や暮らし、生活文化に、多大な影響を与え、深く浸透してきました。

近年、旧暦や二十四節気に関する書籍が、静かなブームを迎えているようです。デジタル、ＡＩなど機械化された都市文明の拡大や、地球温暖化（沸騰化）への危機感などによって、逆に、季節に寄り添う暮らしや、自然を大切にする生き方が、再評価されつつあるのかもしれません。それはまた「過去の暮らしや伝統を大切にする」生き方へも繋がってゆきます。

昔の人たちは、四季の恵みに感謝し自然と共生する暮らしの中で、様々な伝統文化を築き、美意識や智恵を磨いてきました。その生き方は、むしろ、これから「人間的な良き未来」を切り開こうとする若い人たちが、めざすべき目標である、とも言えるのではないでしょうか。目指すべき未来は、優れた過去の中にある。まさに孔子《こうし》のいう「温故知新《おんこちしん》」、「故《ふる》き（過去）を温め、新しき（未来）を知る」です。

本書では、漢詩漢文を中心に、日本や西洋の古典に示された様々な名言やエピソード、各地で私が体験した出来事などを、二十四節気の推移に合わせて、自由に記述しています。

この本を読み終わった時、みなさんが「まるで時空を超えて旅したようだ」と感じてくだされば、こんな嬉しいことはありません。

さあ、「二十四節気をゆく」時空の旅へ、いっしょに出かけましょう。

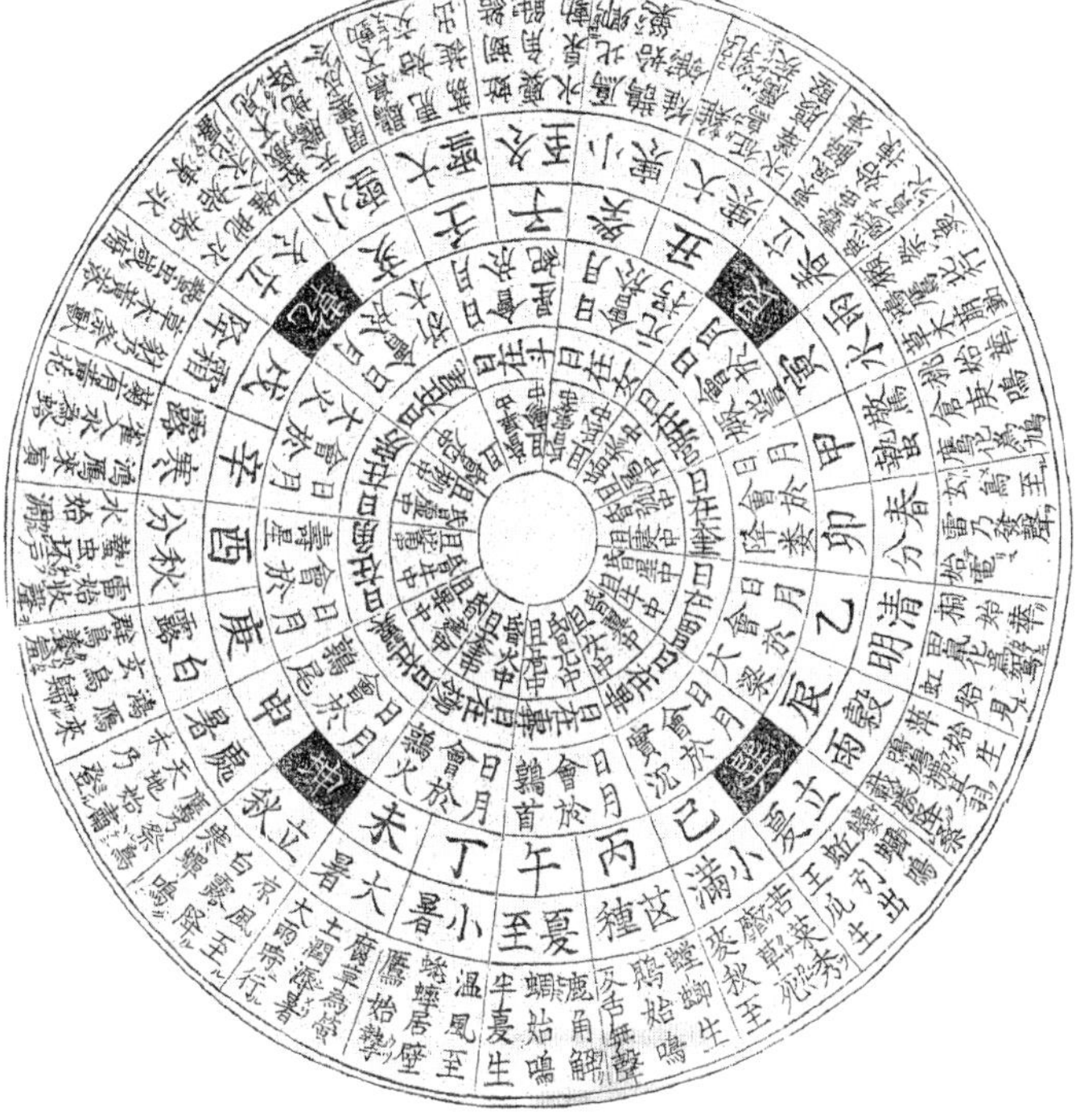

「二十四気七十二候之図」（『和漢三才図会』）

季節		24節気	新暦	72候の呼び名・意味			
春	初春	立春	2月4日～8日	1	東風解凍	はるかぜこおりをとく	あたたかい春風が氷を解かし始める頃
			2月9日～13日	2	黄鶯睍睆	うぐいすなく	鶯が春の訪れを告げ鳴き始める頃
			2月14日～18日	3	魚上氷	うおこおりにあがる	水温み氷が割れて魚が跳ねる頃
		雨水	2月19日～23日	4	土脉潤起	つちがうるおいおこる	雪解けの水と早春の雨が大地を潤す頃
			2月24日～28日	5	霞始靆	かすみはじめてたなびく	春霞がかかり遠くの山がかすむ頃
			3月1日～5日	6	草木萌動	そうもくめばえうごく	草木が芽吹き新しい命が芽生え始める頃
	仲春	啓蟄	3月6日～10日	7	蟄虫啓戸	すごもりのむしとをひらく	虫たちが冬ごもりから目覚め動き始める頃
			3月11日～15日	8	桃始笑	ももはじめてさく	桃のつぼみがほころび咲き始める頃
			3月16日～20日	9	菜虫化蝶	なむしちょうとかす	青虫が羽化し美しい蝶になり羽ばたき始める頃
		春分	3月21日～25日	10	雀始巣	すずめはじめてすくう	陽光の中、雀のつがいが巣作りを始める頃
			3月26日～30日	11	桜始開	さくらはじめてひらく	桜前線が北上し、桜が咲き始める頃
			3月31日～4月4日	12	雷乃発声	かみなりこえをいだす	春雷が聞こえ、春の大地を雨が潤す頃
	晩春	清明	4月5日～9日	13	玄鳥至	つばめきたる	南から海を渡って燕が戻ってくる頃
			4月10日～14日	14	鴻雁北	がんきたへかえる	日本で越冬した雁が北へ戻ってゆく頃
			4月15日～19日	15	虹始見	にじはじめてみる	雨上がりに虹が淡く美しく見える頃
		穀雨	4月20日～24日	16	葭始生	あしはじめてしょうず	水辺の葭（あし）が芽吹き始める頃
			4月25日～29日	17	霜止出苗	しもやみなえいず	霜が降りなくなり苗が青々と育つ田植えの頃
			4月30日～5月4日	18	牡丹華	ぼたんはなさく	百花の王、牡丹が花開き初夏の兆しを感じる頃
	初夏	立夏	5月5日～10日	19	蛙始鳴	かわずはじめてなく	冬眠から目覚めた蛙がいっせいに鳴き始める頃
			5月11日～15日	20	蚯蚓出	みみずいずる	他に比べて寝坊なみみずも目覚め動き始める頃
			5月16日～20日	21	竹笋生	たけのこしょうず	タケノコの尖端が土を割って顔を出す頃
		小満	5月21日～25日	22	蚕起食桑	かいこおきてくわをくう	蚕が盛んに桑の葉を食べ成長する頃
			5月26日～30日	23	紅花栄	べにばなさかう	末摘花＝紅花が一面に咲く、花摘みの頃
			5月31日～6月5日	24	麦秋至	ばくしゅういたる	麦の穂が実り、麦畑が黄金色に輝く頃

夏	仲夏	芒種	6月6日〜10日	25	蟷螂生	かまきりしょうず	秋に産み付けられた卵からカマキリが生まれ出る頃
			6月11日〜15日	26	腐草為蛍	ふそうほたるとなる	夏の黄昏時、草陰から蛍が光を放ち飛び始める頃
			6月16日〜20日	27	梅子黄	うめのみきばむ	梅の実が熟して淡い黄色に色づく、入梅の頃
		夏至	6月21日〜26日	28	乃東枯	なつかれくさかるる	冬に芽を出した夏枯草＝うつぼ草が枯れてゆく頃
			6月27日〜7月1日	29	菖蒲華	あやめはなさく	花菖蒲が水辺を彩り、夏至を迎えて一年も折り返しの頃
			7月2日〜6日	30	半夏生	はんげしょうず	夏至から数えて11日目＝半夏を迎え、田植えを終える頃
	晩夏	小暑	7月7日〜11日	31	温風至	あつかぜいたる	熱を帯びた風が日本へ到来、本格的に暑くなる頃
			7月12日〜17日	32	蓮始開	はすはじめてひらく	夜明けを待って蓮の花が清らかに咲きにおう頃
			7月18日〜22日	33	鷹乃学習	たかわざをならう	鷹が独り立ちに向け、飛び方や狩りの仕方を学ぶ頃
		大暑	7月23日〜27日	34	桐始結花	きりはじめてはなをむすぶ	薄紫色に咲いた桐の花が、卵形の実を結ぶ頃
			7月28日〜8月1日	35	土潤溽暑	つちうるおってむしあつし	熱を帯びた大地が潤い、蒸し暑さ最高潮の頃
			8月2日〜6日	36	大雨時行	たいうときどきふる	台風や集中豪雨、夕立も多く、大雨に見舞われがちな頃
秋	初秋	立秋	8月7日〜12日	37	涼風至	すずかぜいたる	暑さの中にも、朝夕に時折涼しい風を感じ始める頃
			8月13日〜17日	38	寒蝉鳴	ひぐらしなく	蜩（ひぐらし）の声に夏の終わりを感じ始める頃
			8月18日〜22日	39	蒙霧升降	のうむしょうりゅうす	残暑の中でも、ひんやりとした霧が立ち始める頃
		処暑	8月23日〜27日	40	綿柎開	わたのはなしべひらく	綿を包むはなしべが開き、綿毛が姿を現し始める頃
			8月28日〜9月1日	41	天地始粛	てんちのはじめてさむし	暑さもようやく和らぎ、秋の気配が感じられ始める頃
			9月2日〜7日	42	禾乃登	こくものみのる	粟や稲などの穀物の実が大きく育ってゆく頃
	仲秋	白露	9月8日〜12日	43	草露白	そうろしろし	秋の気配が深まり、草に露が白く光って見える頃
			9月13日〜17日	44	鶺鴒鳴	せきれいなく	水辺に棲むセキレイが鳴き始める頃
			9月18日〜22日	45	玄鳥去	つばめさる	子育てを終えた燕たちが南へと戻っていく頃
		秋分	9月23日〜27日	46	雷乃収声	かみなりこえをおさむ	夕立を連れてきていた雷も、鳴りを潜める頃
			9月28日〜10月2日	47	蟄虫培戸	ちっちゅうとをとざす	虫たちが巣ごもりの準備をして土の中に戻り始める頃
			10月3日〜7日	48	水始涸	みずはじめてかるる	水田の水を抜き、刈り入れの準備を始める頃

季節	区分	節気	日付	番号	名称	読み	意味
	晩秋	寒露	10月8日〜12日	49	鴻雁来	がんきたる	南へ帰る燕と入れ代わり、北から雁が渡ってくる頃
			10月13日〜17日	50	菊花開	きくはなひらく	薫り高い菊の花が咲き始める秋本番の頃
			10月18日〜22日	51	蟋蟀在戸	きりぎりすとにあり	秋も深まり、夕暮れに虫たちが盛んに鳴く頃
		霜降	10月23日〜27日	52	霜始降	しもはじめてふる	朝夕の冷え込みが増し、霜が降り始める頃
			10月28日〜11月1日	53	霎時施	こさめときどきふる	秋も終わりが近づき、落ち葉に小雨がしとしと降る頃
			11月2日〜6日	54	楓蔦黄	もみじつたきばむ	楓や蔦が黄色や紅に色づき、美しい頃
冬	初冬	立冬	11月7日〜11日	55	山茶始開	つばきひらきはじむ	つばき＝山茶花（さざんか）の花が咲き始める頃
			11月12日〜16日	56	地始凍	ちはじめてこおる	少しずつ冷え込みが増し、大地が凍るようになる頃
			11月17日〜21日	57	金盞香	きんせんかこうばし	きんせんか＝水仙の花が上品な香りと共に咲き始める頃
		小雪	11月22日〜26日	58	虹蔵不見	にじかくれてみえず	空気が乾き日差しも弱まって虹が見られなくなる頃
			11月27日〜12月1日	59	朔風払葉	きたかぜきのはをはらう	冬の北風が吹き始め、木の葉を吹き払うようになる頃
			12月2日〜6日	60	橘始黄	たちばなはじめてきばむ	常緑の葉の中、橘の実が黄色く色づき始める頃
	仲冬	大雪	12月7日〜11日	61	閉塞成冬	そらさむくふゆとなる	重く垂れ込める雲が空を塞ぐ、冬本番の頃
			12月12日〜16日	62	熊蟄穴	くまあなにこもる	冬眠の準備を終えた熊が、そろそろ穴にこもる頃
			12月17日〜21日	63	鱖魚群	さけむらがる	産卵のために鮭がふるさとの川へ群がり戻る頃
		冬至	12月22日〜26日	64	乃東生	なつかれくさしょうず	冬枯れの中、夏枯草＝うつぼ草だけが芽吹き始める頃
			12月27日〜31日	65	麋角解	しかのつのおつる	麋＝大鹿（トナカイの一種）の角が生え替わる頃
			1月1日〜5日	66	雪下出麦	ゆきくだりてむぎのびる	降り積もった雪の下で麦が芽を出し始める頃
	晩冬	小寒	1月6日〜9日	67	芹乃栄	せりさかう	厳しい寒さの中、水辺に芹が生え始める頃
			1月10日〜14日	68	水泉動	しみずあたたかをふくむ	凍った泉の地中で陽気が生じ、水が動き始める頃
			1月15日〜19日	69	雉始雊	きじはじめてなく	雉のオスがメスを求めて鳴き始める頃
		大寒	1月20日〜24日	70	款冬華	ふきのとうはなさく	雪の中からフキノトウがそっと顔を覗かせ始める頃
			1月25日〜29日	71	水沢腹堅	みずさわあつくかたし	川を流れる水も凍るほどに寒い頃
			1月30日〜2月3日	72	鶏始乳	にわとりとやにつく	鶏が春の気配を感じ取り、卵を産み始める頃

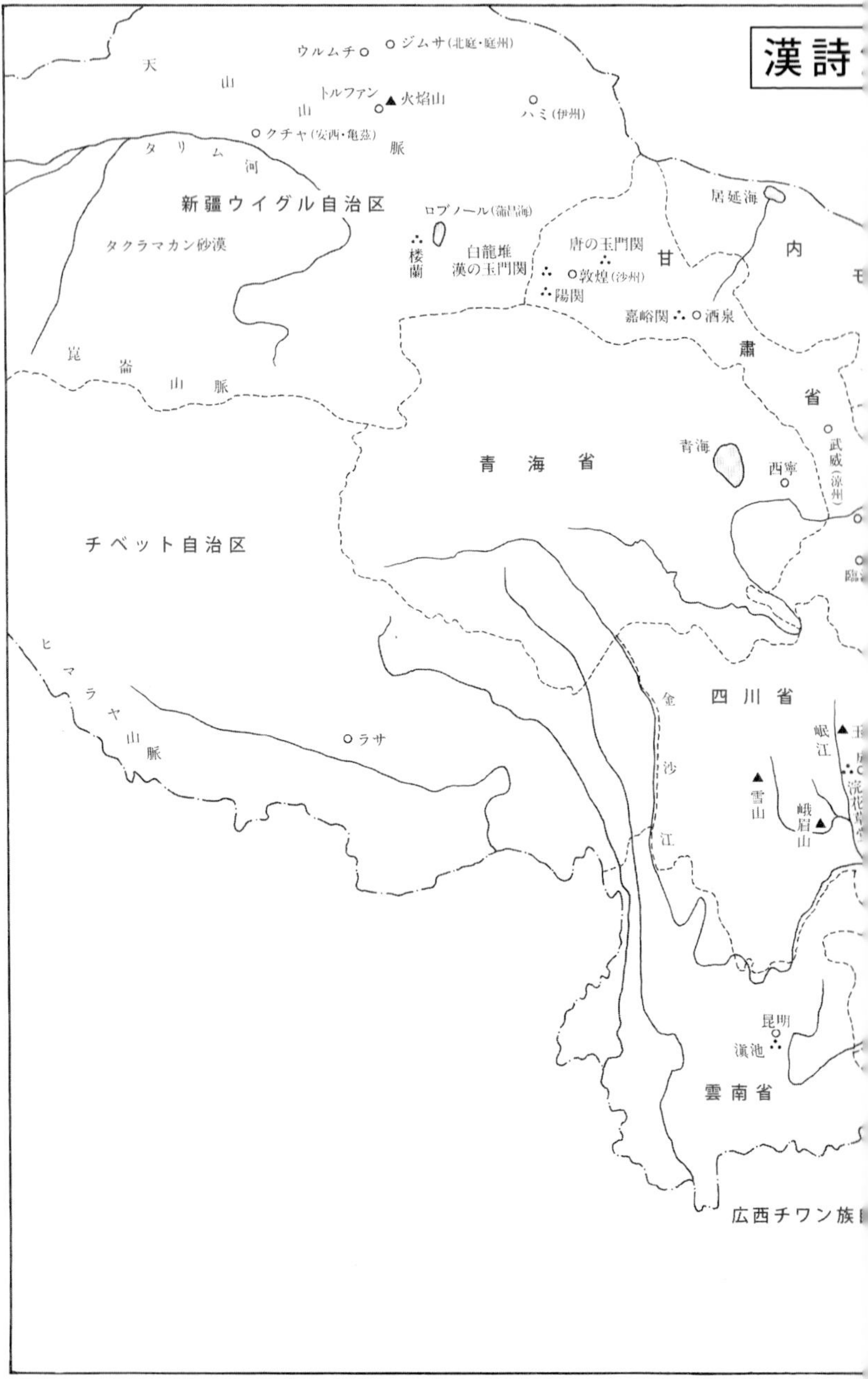
漢詩
ウルムチ
ジムサ(北庭・庭州)
天山山脈
トルファン
火焰山
ハミ(伊州)
クチャ(安西・亀茲)
タリム河
新疆ウイグル自治区
タクラマカン砂漠
ロブノール(蒲昌海)
楼蘭
白龍堆
漢の玉門関
唐の玉門関
敦煌(沙州)
陽関
甘粛省
居延海
内
嘉峪関
酒泉
崑崙山脈
青海省
青海
西寧
武威(涼州)
チベット自治区
ヒマラヤ山脈
ラサ
金沙江
四川省
岷江
雪山
峨眉山
昆明
滇池
雲南省
広西チワン族

漢文地図

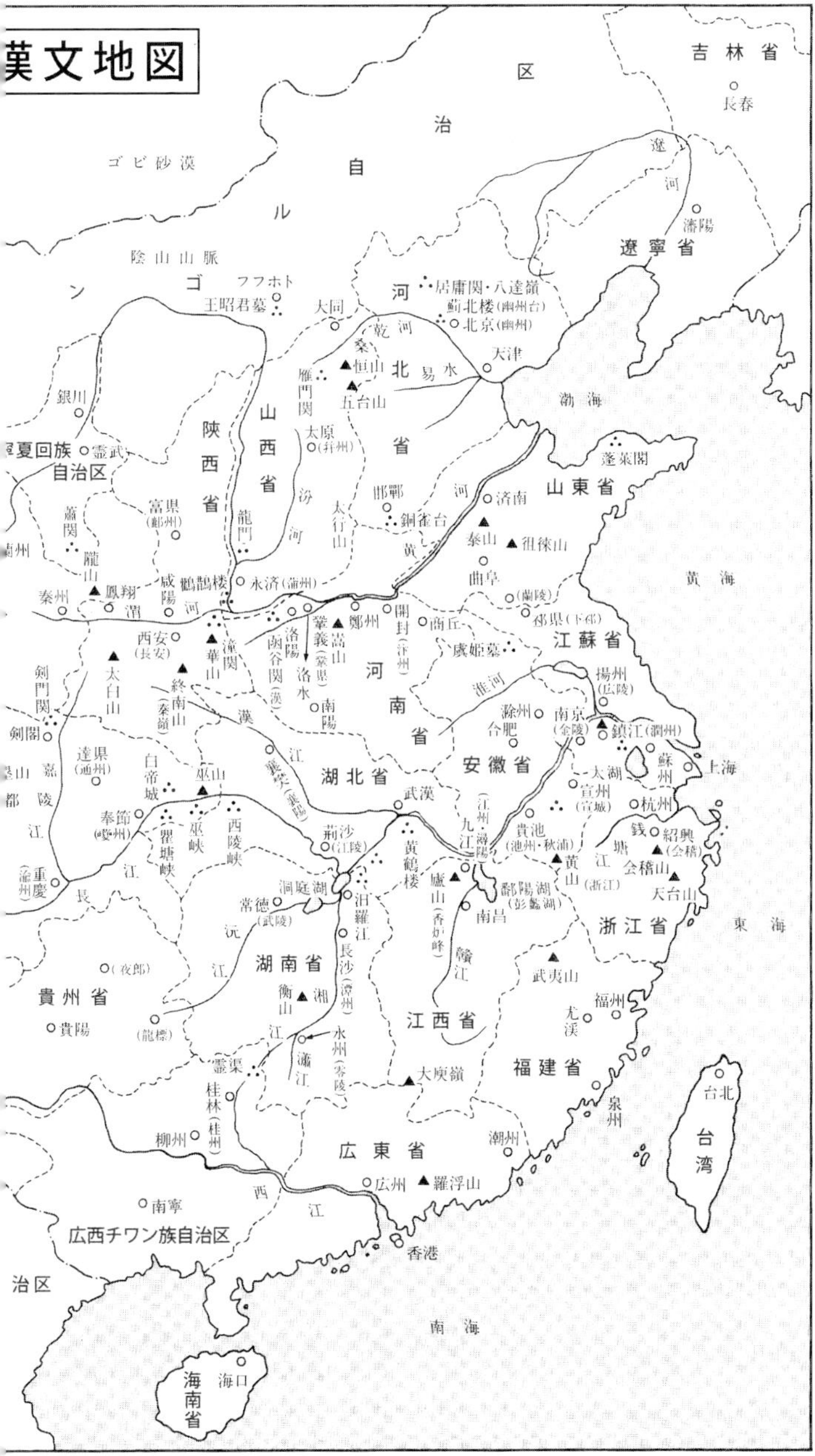

吉林省
長春
区
治
自
ゴビ砂漠
ル
陰山山脈
ン
ゴ
遼河
瀋陽
遼寧省
フフホト
王昭君墓
大同
河
居庸関・八達嶺
薊北楼（幽州台）
北京（幽州）
乾河
桑
恒山
北
易水
天津
雁門関
五台山
渤海
銀川
陝西省
山西省
太原（并州）
省
寧夏回族自治区
霊武
汾河
邯鄲
太行山
河
済南
山東省
蓬莱閣
富県（鄜州）
蕭関
龍門
銅雀台
泰山
徂徠山
蘭州
隴山
黄
曲阜
黄海
鸛鵲楼
永済（蒲州）
秦州
鳳翔
咸陽
渭河
（蘭陵）
開封（汴州）
鄭州
商丘
邳県（下邳）
江蘇省
西安（長安）
太白山
華山
潼関
洛陽
函谷関（漢）
鞏義（鞏県）
洛水
嵩山
河南省
虞姫墓
淮河
揚州（広陵）
剣門関
剣閣
終南山（秦嶺）
漢江
南陽
滁州
合肥
南京（金陵）
鎮江（潤州）
達県（通州）
白帝城
巫山
襄樊（襄陽）
湖北省
安徽省
太湖
蘇州
上海
嘉陵江
宣州（宣城）
奉節（夔州）
瞿塘峡
巫峡
西陵峡
武漢
江州・潯陽
杭州
荊沙（江陵）
黄鶴楼
九江
貴池（池州・秋浦）
銭塘江
紹興（会稽）
会稽山
重慶（渝州）
長江
洞庭湖
汨羅江
廬山（香炉峰）
黄山（浙江）
鄱陽湖（彭蠡湖）
天台山
常徳（武陵）
南昌
浙江省
東海
沅江
長沙（潭州）
贛江
（夜郎）
湖南省
武夷山
貴州省
衡山
湘江
福州
尤渓
貴陽
（龍標）
永州（零陵）
江西省
霊渠
瀟江
大庾嶺
福建省
台北
桂林（桂州）
泉州
台湾
柳州
潮州
広東省
広州
羅浮山
西江
南寧
広西チワン族自治区
香港
治区
南海
海南省
海口

東アジア王朝年表

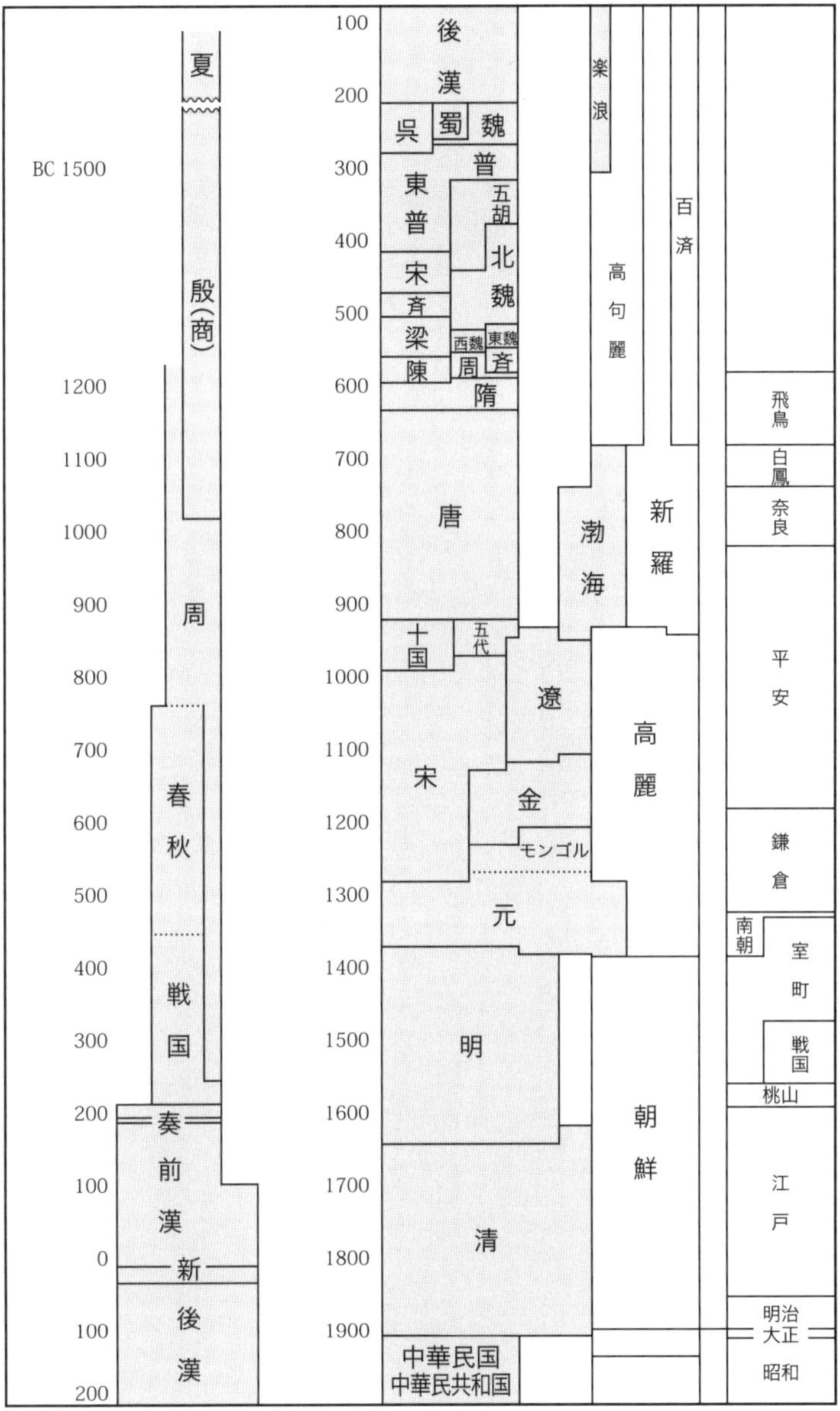

BC 1500
1200
1100
1000
900
800
700
600
500
400
300
200
100
0
100
200
夏
殷(商)
周
春秋
戦国
秦
前漢
新
後漢
100
200
300
400
500
600
700
800
900
1000
1100
1200
1300
1400
1500
1600
1700
1800
1900
後漢
呉
蜀
魏
晋
東晋
五胡
北魏
宋
斉
梁
陳
西魏
東魏
周
斉
隋
唐
十国
五代
宋
遼
金
モンゴル
元
明
清
中華民国
中華民共和国
楽浪
高句麗
百済
渤海
新羅
高麗
朝鮮
飛鳥
白鳳
奈良
平安
鎌倉
南朝
室町
戦国
桃山
江戸
明治
大正
昭和

清明節

毎年四月五日頃から二十四節気の「清明《せいめい》」を迎えます。冬至から数えてほぼ一〇五日目、春分から十五日目に当たる日です。

清明を迎えたことを祝う清明節は、中国では「お墓掃除の日」。三連休になるので、家族連れで墓参や旅行に出かける人が多いようです。また、清明節より前に摘まれた茶葉は「明前茶」と呼ばれ、たいへん珍重されます。

日本でも沖縄に「清明祭《シーミー》」があります。親族で墓参りをし、重箱料理や泡盛をいただきながら、歌い踊って楽しむようです。

芽吹いた青草を踏みながら野に遊ぶことから、清明節は「踏青節《とうせいせつ》」とも言いわれます。高浜虚子の孫で俳人の稲畑汀子《ていこ》に次の句があります。

太陽も野に踏青の歩を誘ふ

晩春のやさしい陽光を浴びて万物は蘇《よみがえ》り、蝶《ちょう》も鳥も草花も、あらゆる命がキラキラと輝き出す。そんな折り、人もピクニックに行きたくなるのは、生命の連鎖というものでしょうか。

やはり「人間は自然の一部」ということなのでしょう。たまに都会で数日過ごしているだけで、私は何だか自然から切り離され、時計や人工知能（ＡＩ）の中で生活しているような気がしてきます。都市の中では片時もスマホを手放せず、人間関係もデジタル（非連続）気味、そんな雰囲気ですからなおさらです。でも、体の中には血が流れ、自然が生きている。だから小鳥がさえずる季節になると、人間も自然に帰り、野に出たくなるのだと思います。

私はもうすぐ六十歳。この年になってようやく、人生というものがさまざまな縁（縦糸・横糸）によって織り成されてゆく織物（テキスト）であることを実感しています。

私が生まれた静岡は、今住んでいる四国の愛媛に似て、温暖な土地柄。のんびり屋さんが多いところです。地元の大学に入学し小学校の先生になるつもりでしたが、卒業論文のため『源氏物語』を読み始め、古典の面白さに目覚めました。

やがて『源氏物語』を知るためには、紫式部も愛読した『白氏文集《はくしぶんしゅう》』(1)を読まなきゃダメだ！と気づきます。漢文学の授業に出席しているうち、いつの間にかそちらが専門となり、九州の大学院に進学しました。ミイラ取りがミイラになった、というわけです。

博多から静岡への帰省では新幹線を利用しましたが、ある時、本場の讃岐うどんが食べたくなって、妻とふたり瀬戸大橋を渡って高松に寄り道しました。これで四国と縁ができたのか、その翌年、愛媛大学へ赴任することになったのです。

妻は富士山のふもと、かぐや姫のふるさとが出身地。今でも実家から毎年おいしいタケノコが贈られてきます。静岡の大学で知り合いましたが、私が博多に行った一年後に、なんと彼女も博多へ引っ越して来ました。万事休す！　責任をとって？結婚いたしました。女子学生の皆さん、この男！と思ったら、これくらい大胆に行動しないといけませんよ。

さて、中国の古典詩（漢詩）が季節感に富むのは、日本の和歌や俳句と共通しています。晩唐《ばんとう》（九世紀前半）の詩人杜牧《とぼく》（↓詩人紹介）に「清明」と題する絶句《ぜっく》（四行詩）があります。

清明の時節　雨紛紛《ふんぷん》、路上《ろじょう》の行人《こうじん》　魂を断《た》たんと欲す(2)

清明節に降りしきる霧雨《きりさめ》、道ゆく人は魂まで凍《こご》えそう

戦況を見通せない悲惨なウクライナなど、世界の現状と重なります。花咲く喜びの春が、彼の地に再び訪れるのはいつのことか。杜牧は詩の最後をこう結んでいます。

借問《しゃもん》す　酒家《しゅか》何《いず》れの処《ところ》にか在る、牧童遙《ぼくどうはる》かに指さす　杏花村《きょうかそん》(3)

「酒屋はどこか」と牛飼いの子に問えば、指さす遙かその先に杏《あんず》の花咲く村ひとつ

詩は「祈り」でもあるのです。

注1、白氏文集……中唐の詩人白居易《はくきょい》（↓詩人紹介）の詩文集。
2、原文は「清明時節雨紛紛、路上行人欲断魂」
3、原文は「借問酒家何処在、牧童遙指杏花村」

春宵一刻

清明節が過ぎると、野山は花や緑に彩られ、新たな生命が輝き出します。新入生を迎えた学校も同じこと。教室や校庭には子供たちの笑顔が満ち、大学でも青春前期の新入生が目を輝かせます。

まぶしい生命の充実。そんな「春」にふさわしい色は、やはり「青」でしょう。前回も触れたように、清明節は踏青節とも呼ばれ、「青草」を踏んでピクニックに出かける季節でした。

「でも、草の色は緑じゃないの?」

こういう疑問が生じたら、すぐ「漢和辞典」を手に取ってください。電子辞書でもよいですが、漢字に興味があればぜひ一冊、紙の辞典を。情報量がだんぜん違います。

どれどれ……と、かすむ老眼をこすりながら「青」の漢字の成り立ちを調べると、上部は「生」、下部は「丹」。その組み合わせで「青」という漢字ができていることがわかります。「丹」

は「井げたの中の染料」。つまり「青」は「生えてきた草からとった染料（草木染）の色」。

そうか！　だから「春」にふさわしいのですね。

「春の色は青」というのは、中国の五行《ごぎょう》思想（1）に由来します。人間におきかえれば、まだ青い若草の頃が青年期。まさに青春まっただ中です。

ところで、春の一日で、あなたが一番好きな「時刻」はいつ頃でしょうか。

ゆっくり寝ていられる休日の朝？

北宋（十一世紀）の詩人蘇軾《そしょく》（蘇東坡→詩人紹介）は「春夜《しゅんや》」と題する詩で、春の夜の素晴らしさをこう表現しました。

春宵一刻《しゅんしょういっこく》　値千金《あたいせんきん》、花《はな》に清香《せいこう》有り　月《つき》に陰《かげ》有り（2）

春の夜はほんの短い一刻（十五分）が千金の値打ちをもつ。花は清らかに香り、月はおぼろに輝く。

この詩は日本でも江戸時代から広く知られました。与謝蕪村にも

春の夜や　宵あけぼのの　其の中に

の句があります。前書きに

もろこし（中国）の詩客《しかく》（蘇軾）は千金の宵ををしみ、我朝の歌人（清少納言）はむらさきの曙《あけぼの》を賞す

と。「春宵一刻値千金」の句は、「枕草子」の「春はあけぼの」と肩を並べるほどよく知られていたのです。

春の夜の魅力は、やはり花と月でしょう。夜桜に酔いしれて、ふと夜空を見上げると、薄雲におぼろ月。「花に清香有り　月に陰有り」は、陰翳礼讃《いんえいらいさん》（3）の日本的美意識とも響きあいます。

古来、日没から夜半までの時間を、漢字で順に「夕、暮、昏、宵、夜」と区分しました。「昏《たそがれ》」と「夜」とのあいだ、それが「宵」。暗いけれど人がまだ活動している時間帯です。

「春夜」詩の後半は、

歌管楼台《かかんろうだい》　声細細《こえさいさい》、鞦韆院落《しゅうせんいんらく》　夜沈沈《よるちんちん》（4）

「鞦韆」は、ブランコです。昔は女の子の遊具でした。「院落」は、中庭。「楼閣のにぎやかだった歌声や笛の音も今はか細く聞こえるばかり。ブランコが置かれた中庭に夜はしんし

んと更けてゆく」。

花咲く四月の満月を、ネーティブアメリカンは「ピンクムーン」と呼ぶそうです。一日の業《わざ》（仕事）を成し終えたご褒美に、今宵は夜空の月を見上げ、花の香りを楽しんでみてはいかがでしょう。

注1、五行思想……木・火・土・金・水の五つの元気（元素）が万物を構成していると考える古代の思想。
2、原文は「春宵一刻値千金、花有清香月有陰」
3、陰翳礼賛……陰翳（かげ。くらがり）の中に存在する美を尊び称賛すること。谷崎潤一郎が随筆『陰翳礼賛』（一九三三）で提唱した。
4、原文は「歌管楼台声細細、鞦韆院落夜沈沈」

もてなしの心

ワラビの和《あ》え物、タラの芽の天ぷら。厳しい冬の寒さに耐えた春の味覚をいただくと幸せな気持ちになります。フキやタケノコもいいですね。お客さまに出したら喜ばれるでしょう。コロナ禍の時期には集まることもできず、早く会食を楽しめる日常が戻ってほしいと、切に願ったものでした。

コロナ禍で開催を危ぶまれた2020東京オリンピック。当初、大会のコンセプトは「おもてなし」でした。観光立国をめざす政策の一環。しかし「おもてなし」は、日本の伝統文化に深く根ざした言葉でもあります。

茶道をたしなむ方はご存じでしょう。大勢の人が集う「茶会」では、抹茶と和菓子でシンプルにもてなしますが、少人数で行う正式な「茶事《ちゃじ》」には、懐石料理の「もてなし」があります。

今は料亭から取り寄せる場合も多いのですが、昔の茶事では、懐石は亭主の手料理が基本でした。客のことを考えつつ、時季の一汁二菜（味噌《みそ》汁一椀《わん》と二種のおかず）ほどを用意します。「その時、その客」だけの、一期一会《いちごいちえ》のもてなしです。私も茶道をたしなみますから、いつか自分の手料理で「おもてなし」がしたいもの。まだ野菜を切れる程度の腕前ですが……。

では、人をもてなす際に大切なことは何でしょうか。盛唐（八世紀）の詩人杜甫（↓詩人紹介）は、二十年ぶりに旧友と再会した時、それを実感しています。当時四十八歳であった杜甫は、旅の途中、旧友の家に一泊し、心温まるもてなしを受けました。その時の感激が、「衛八処士《えいはちしょし》に贈る」詩にこう表現されています。

人生相見ざること、動《やや》もすれば参《しん》と商《しょう》との如し(1)

「人生では別れた友との再会は難しい、冬のオリオン座と夏のサソリ座が出会えないのと同じだ」

なのに今夜は何という夜か。君と再びこの食卓の灯《ひ》を共にできたとは。お互い今ではすっかり白髪まじり。旧友たちの身の上を尋ねると、半分は死んだと。驚き叫び悲しみで胸が熱くなる。だが、君と二十年ぶりに再会できた。昔別れたとき君は未婚だったが、今では子供たちが行列を作っている。

杜甫をもてなしてくれた「衛八」さん（衛家の八男坊）は「処士」。官職に就けず家に処《い》る男です。当然貧乏暮らしですが、家族総出で杜甫を歓待してくれました。

子供たちはニコニコして父の友を敬い、どこから来たのですか、と私に問う。やりとりが終わらぬうち、子らは酒を並べてくれた。奥さんは夜の雨にぬれながら春の韮《にら》を切り、炊きたてのご飯には上等な大粟《おおあわ》が混じっている。

夜雨　春韮《しゅんきゅう》を剪《き》り、新炊　黄粱《こうりょう》を間《まじ》ふ（2）

春の雨に育った韮はさぞかし香り高かったことでしょう。

亭主はいう、めったに会えないのだ、一気に十杯飲んでくれ、と。友情が身に沁《し》みる。明日わかれて君と山岳を隔てたら、世の中の事がどうなるか、計り知ることはできないのだ。

明日《みょうにち》山岳を隔てなば、世事《せいじ》　両《ふた》つながら茫茫《ぼうぼう》たらん（3）

この詩には「一期一会のもてなしの心」が溢《あふ》れています。大切なのは物ではなく、客を想う心なのですね。

毎年四月二十日頃から、二十四節気の「穀雨《こくう》」です。穀物を芽吹かせ育む「恵みの雨」が降る時節。八十八夜の茶摘みも近づいています。

なかなか「畑に出て」とはゆきませんが、せめて今宵はスーパーに出かけ、旬の食材で手料理を作り、大切な人をもてなしたいと思います。

注1、原文は「人生不相見、動如参与商」

2、原文は「夜雨剪春韮、新炊間黄粱」

3、原文は「明日隔山岳、世事両茫茫」

鳥啼き魚の目は泪

　春も残り少なくなりました。十日ほどで二十四節気の「立夏」を迎えます。連休を控え、行楽の計画に胸ときめかせている人も多いでしょう。花も色とりどり。魚介類も美味《おい》しい。さて、どこへ旅に出ましょうか。

　以前、恩師の墓参を兼ねて、妻と福島県の白河へ出かけたことがありました。奥州への旅。白河の関跡にも立ち寄りました。

　松尾芭蕉が弟子の曽良《そら》を連れて「奥の細道」へ旅立ったのは、一六八九（元禄二）年の春、「弥生も末の七日（旧暦三月二十七日）」でした。新暦では五月十六日。この日は一九八八（昭和六十三）年に「旅の日」に制定されています。

　日光街道の最初の宿駅千住《せんじゅ》（東京都足立区）で見送りの人々と別れ、一五〇日、約六〇〇里（二四〇〇㎞）の行脚《あんぎゃ》の第一歩を踏み出す際、芭蕉はこう詠んでいます。

行春《ゆくはる》や鳥啼《なき》魚の目は泪《なみだ》

去りゆく春を愁えて鳥は悲しげに啼き、魚の目には涙があふれている

行く春を惜しむ気持ちは、現代人が忘れて久しい感情でしょう。この繊細な感受性は、詩人のもの。杜甫の「春望」の詩にも、

国破れて山河在り、城春にして草木深し
時に感じては花にも涙を濺《そそ》ぎ、別れを恨んでは鳥にも心を驚かす(1)

とあります。異民族の将軍安禄山《あんろくざん》(2)の反乱により、首都長安は賊軍の手に落ち、荒れ果てた都を遠望して詠じた、七五七（至徳二）年の絶唱です。時に杜甫四十六歳。都で軟禁され、妻子は遠地に疎開していました。

「戦況に心痛むあまり咲く花を見ても涙がこぼれ、妻子と生き別れて鳥のさえずりにも胸が引き裂かれる」。廃墟《はいきょ》と化したウクライナなど戦地の諸都市では、今も幾多の「杜甫」が、同じ涙を流していることでしょう。

一九四五（昭和二十）年、空襲でがれきと化した街を前に、日本人の胸に最も響いた漢詩も「春望」であったといいます。詩の後半は、

烽火《ほうか》（のろし火）三月《さんげつ》に連なり、家書万金《かしょばんきん》に抵《あた》る
白頭《はくとう》掻《か》けば更に短く、渾《すべ》て簪《しん》に勝《た》へざらんと欲す(3)

「冠」は、人前では冠をかぶるのが礼儀でした。その「簪」は、かんざし。当時の成年男子は、「一人前の男」たる自己の崩壊を暗示する表現に他なりません。戦争は、国家のみならず個人の存在をも、根底から揺さぶり、破壊しようとするのです。

奥州平泉で、今は廃墟となった藤原氏三代(4)の栄華の跡を眺めた芭蕉は、杜甫の「国破れて山河あり、城春にして草青みたり」の詩を思い「笠打敷《かさうちし》きて時のうつるまでなみだを落とし」ました。

夏草や兵共《つわものども》が夢の跡

この句を詠じた芭蕉の魂は、時空を超えて、杜甫の魂と響き合っています。きっと現代でも、ウクライナなど戦地の人々は、戦争を文学によって語り継いでゆくのでしょう。芭蕉が旅立ったのは晩春、弥生の末。夏はすぐそこまで来ていました。

注1、原文は「国破山河在、城春草木深。感時花濺涙、恨別鳥驚心」
2、安禄山……玄宗に愛された異民族の将軍。楊貴妃の養子となったが、楊貴妃の親族で宰相の楊国忠と対立。七五五年に反乱（安史の乱）を起こし、洛陽や長安を陥落させたが、子の慶緒に殺された。（七〇五～七五七）
3、原文は「烽火連三月、家書抵万金。白頭掻更短、渾欲不勝簪」
4、藤原氏三代……十二世紀に東北地方を治め、平泉に栄華の都を築いた清衡《きよひら》・基衡《もとひら》・秀衡《ひでひら》の父子三代をいう。

安禄山

薫風南より来たる

風薫る五月。毎年二日頃は「八十八夜」[1]、五日頃から二十四節気の「立夏」を迎えます。まさに「♪夏も近づく八十八夜、野にも山にも若葉が茂る」[2]茶摘みの時季の到来です。

静岡生まれの私には、懐かしい思い出がたくさんあります。故郷は川根茶の産地。高校生の頃は実家から駅まで自転車、そこから電車に乗り換えて通学しました。

この時季、道の両側には「緑の湖」のような茶畑が広がります。風が吹くと葉が裏返って白波をつくり、新緑の「湖面」を渡ってゆく。毎朝「乗り遅れてなるものか」と必死にペダルをこぎ、近づく電車と競争しながら飛び乗ったものです。何でも「時間ギリギリ」の悪癖は今も治りません。ホームを出た電車がバックして乗せてくれたこともありました。

故郷の駅舎[3]では今も八十八歳の母が、隣の畑で育てた野菜で惣菜《そうざい》を作り、ＳＬ見物の人たちをもてなしています。

「薫風《くんぷう》南より来たる」は、この時季の茶席によく掛かる禅語です。「利害や愛憎にとらわれた俗念を、清涼な薫風で吹き払えば、さわやかな無心の境地になれるでしょう」というほどの意味。

茶道では一年を「炉」と「風炉《ふろ》」の二期に分けます。五月には炉（囲炉裏《いろり》。143頁に写真）を閉じ、釜も柄杓《ひしゃく》も小ぶりな物に取り替えて気分一新。これを「初風炉《しょぶろ》」といいます。「薫風自南来《じなんらい》」は、この時季にふさわしい禅語。よく床の間の掛け軸として掛かります。出典は「戯《たわむ》れに劉公権《りゅうこうけん》の連句《れんく》に足《た》す」。複数の人が句を連ねた連句詩です。

先《ま》ず九世紀、唐の文宗《ぶんそう》が、(4)

　人は皆炎熱を苦とするも、我は愛す　夏日《かじつ》の長きを(5)

と詠みました。「人は酷《ひど》く暑くなると嫌うが、私は大好きだ、日の長い夏の季節が」。

すると側近の劉公権が(6)こう続けました。

　薫風南より来たり、殿閣　微涼生ず(7)

「香《かぐわ》しい初夏の風が南から吹き寄せると、宮殿の中は微かな涼味を感じます」と。「陛下、まことに」と、平仄《ひょうそく》を合わせ、賛同したのです。

ところが詩は完結せず、十一世紀になって宋の詩人蘇東坡《そとうば》（蘇軾→詩人紹介）が、さらに次の四句を連ねました。

一たび居の移す所と為《な》れば、苦楽　永く相忘る
願はくは言はん　此《こ》の施しを均《ひと》しくし、清陰　四方に分かてよ(8)

「一度広い住まいに慣れてしまうと、他人の苦楽などすっかり忘れてしまうもの。願わくは、御殿の涼しさを均等に分け与えてほしい、世界中の人々に」と。エアコンのない時代、「酷暑にあえぐ庶民の苦しみを、陛下、わかっておられますか」という痛烈な皮肉、風刺の言葉です。

今の時代にも、御殿にふんぞり返り、利害や愛憎にとらわれ、庶民の苦しみを顧慮しない為政者がいますね。そんな人物こそ、清涼な薫風に吹き払ってほしいものです。

五月は各地で茶会がもたれる時季です。緑茶は「薫風の恵み」。美味しい一服をいただきながら、この世界に爽やかな風が吹き渡ってくれるよう、願いたいと思います。

注1、八十八夜……立春から八十八日目。新暦の五月一日～二日頃にあたり、茶どころでは茶摘みの最盛期。
2、「♪夏も近づく」……一九一二（明治四十五）年の文部省唱歌『茶摘み』。

3、故郷の駅舎……大井川鐵道の抜里駅。「サヨばあちゃんの休憩所」にもなっています。SNSでご覧ください。
4、文宗……唐の第十七代皇帝。在位八二六～八四〇年。
5、原文は「人皆苦炎熱、我愛夏日長」
6、劉公権……穆宗・敬宗・文宗の三代にわたって側近として仕えた。「楷書の四大家」の一人。七七八～八六五年。
7、原文は「薫風自南来、殿閣生微涼」
8、原文は「一為居所移、苦楽永相忘。願言均此施、清陰分四方」

サヨばあちゃんの休憩所

背くらべ

五月の連休が終わりました。今週は子供が学校へ行き、ほっとしたという方も多いでしょう。

結婚当初、妻と「子供が生まれたら料理人にしよう。いや噺家《はなしか》に」などと計画していました。うまい料理と面白い話。そんな「親」のエゴを見抜いたのか、コウノトリはわが家に子を預けませんでした。だから親としての断言はできませんが、子の成長を願う気持ちは親の真情でしょう。

這《は》えば立て立てば歩めの親心。唱歌「背くらべ」一九二三（大正十二）年にも「♪柱のきずはおととしの　五月五日の背くらべ。粽《ちまき》たべたべ兄さんが　はかってくれた背のたけ」とあります。柱のない家では、壁に線を引いて「背くらべ」でしょうか。

五世紀の初め、東晋《とうしん》の陶淵明（↓陶潜。詩人紹介）は、五人の男子を授かりました。酒好きで役所勤めが大嫌い。それでも名門の血筋ゆえ、子には立身出世を期待しました。「孔子

の孫ほどの人物になってくれ」と。「大きな鯉《こい》のぼり」を心の中にドンと打ち樹《た》て、「龍にな
れ！」と願ったのです。さて、結果はどうなった？
白髪のふえた淵明は、「子を責《せ》む」という詩で詠っています。

五男児有りと雖《いえど》も、総て紙筆を好まず(1)

「五人も男子がいるのに、そろいもそろって勉強嫌いだ」と。嘆き節は続きます。

長男の阿舒《あじょ》は十六歳にもなるのに、無類の怠け者。次男の阿宣はもうすぐ十五歳だという
のに、まるで学問が嫌い。その下の雍《よう》と端とは十三歳だとはいえ、六と七の区別もつかない。

末っ子の通は九歳になろうというのに、梨や栗をねだるばかり。

淵明さん、残念！　詩の最後はこう結ばれています。


天運苟《いや》しくも此《か》くの如くんば、且《しばら》く杯中の物を進めん(2)

「これも天の定めた運命ならば、酒でも飲んでよしとしよう。」
ユーモアたっぷりの詩。読んでいて何だか微笑《ほほえ》ましいのは、家族愛が根本にあるからで
しょう。
子の成長を願う気持ちは、西洋人も同じです。

二〇一四年八月、妻とアムステルダムのアンネ・フランク・ハウスを訪ねました。四階建てのビルの奥、秘密ドアを隔てた三階四階が隠れ部屋。一九四二年七月から二年あまり、ナチスによるユダヤ人迫害から逃れるため、フランク一家はここに身を潜めたのです。

見学していると妻が寝室の壁に横線が何本も引かれているのを見つけました。アンネの両親が、隠れ家に来てから、姉マルゴーとアンネの背の高さを記録した痕跡です。子の成長を願う「背くらべ」は、人間共通の真情であることを実感しました。

収容所で十五歳の短い生涯を閉じたアンネ。後に父オットーは、アンネの好きだったサーモンピンクのバラを日本に贈りました。形見のバラは、今も日本各地で大切に育てられています。わが家の庭にも一鉢。

五月は「アンネのバラ」が花咲く時季です。

注1、原文は「雖有五男児、総不好紙筆」

2、原文は「天運苟如此、且進杯中物」

麦の秋

ビールの美味《おい》しい季節になりました。五月二十一日頃から二十四節気の「小満《しょうまん》」。秋にまいた麦に穂がつき「小《すこ》し満足」。ひと安心の時季です。

麦の収穫は五月中旬から始まります。青空に黄金色の麦穂がゆれるこの時季は「麦秋」「麦の秋」と呼ばれ、夏の季語にもなっています。「秋」という漢字は「実りの時」という意味。麦が実る時だから「麦の秋」です。

麦にも色々ありますが、ビールは大麦の恵みです。山際に立つわが家では、李白（↓詩人紹介）の「山中にて幽人（隠者）と対酌《たいしゃく》す」の詩にあやかって、妻と

両人《りょうにん》対酌　山花《さんか》開く、一杯一杯復《ま》た一杯(1)

毎晩「麦酒」を傾けています。

パンもうどんもラーメンも、みな「麦の恵み」です。わが家のみそ汁も麦みそ。瀬戸内沿

岸や九州で造られる甘い麦みそは、静岡の実家へ土産にするといつも喜ばれます。このありがたい穀物は、いったいどこから来たのでしょうか。

「麦」の字は、甲骨文字では「來」と書きました。実ったムギが穂を左右に出した象形文字です。(2)戦後の新字体では「来」。「くる」と「ムギ」は、同じ「來」の字で表現されていたのです。「来《ムギ》」は「遠くから来た穀物」であったという伝説に由来します。

中国最古の詩集『詩経』(3)(思文《しぶん》)に

我に来牟《らいぼう》(ムギ)を貽《おく》る

という句があります。周王朝の武王は、酒池肉林(4)の暴政を行った殷《いん》の紂《ちゅう》王(前十一世紀)をうち倒し、理想の世を実現しました。その功績をたたえ、天の神が周にもたらした「嘉穀《かこく》」(すばらしい穀物)がムギでした。周の民にとって、ムギは天から「来た」恵みの穀物だったのです。

また、亡んだ国殷《いん》の忠臣箕子《きし》は、旧都の焼け跡に伸びた(秀《ひい》でた)麦穂を見て「麦秀《ばくしゅう》」の歌を作り、紂王が諫《いさ》めを聞かず、故国を滅亡させたことを嘆いたといいます(『史記』宋微《び》士《し》世家)。

実際にムギが中央アジアから中国に「来た」のは、殷周交代期よりもさらに早い時期だったようです。

ムギ文化は、長江流域のイネ文化と双璧をなしつつ、黄河流域に広がり、やがて黄土高原で生まれた麺の製法とともに日本に伝来しました。おかげで今、美味しいうどんやラーメンが食べられます。

日本で生産される小麦は、北海道産が六割を占めます。大麦の一種である裸麦は、愛媛県産が三割を超え日本一です。その七割は麦みそ用。食べたことのない方は、ぜひ一度ご賞味あれ。

五月の半ば過ぎには、愛媛県の西条市や松前《まさき》町、東温市など、全国の産地で、黄金色に麦穂が実り、「麦秋」の風景が広がります。収穫に忙しい時季です。

欧州の「穀倉」ウクライナ。その国旗（青黄旗）は、青空の下に黄色い小麦畑を配したものといいます。しかし、ロシアが侵攻した二〇二二年以降は、「実りの秋《とき》」が「危急存亡の秋《とき》(5)」と重なります。

麦は、春先に出した新芽を踏みつけられても、「麦踏み」によって、かえって根を強く張り、たくましく実ってゆく穀物です。その麦穂の一本一本が、今はウクライナの人々の姿と重なって見えます。

注1、原文は「両人対酌山花開、一杯一杯復一杯」
2、象形文字……物の形を抽象化して文字化したもの。
3、詩経……儒教で大切にされる五経の一つ。孔子の編纂ともいわれたが、今日では否定されている。
詩三一一編（うち六編は詩題のみ）を収める。
4、酒池肉林……酒や肉がたっぷりある、豪奢を極めた酒宴（『史記』殷本紀）。
5、危急存亡の秋……この場合の「秋」は、「だいじな時」の意味。

ツバメの愛

燕《つばめ》が子育てに帰ってきました。東南アジアや台湾で越冬し、晩春、日本に帰ってきます。暖かくなり餌の虫が増える頃に「帰宅」するようです。

雄が先に古巣へ帰り、つがいの雌の到着を待つといいます。新しいカップルは、一から巣を作り始めます。新婚さんには新居が必要、というわけ。五月の下旬は巣作りや子育ての最中でしょう。

拾ってきた泥や枯れ草を唾液で固め、民家の軒先など人のいる場所にあえて巣を作ります。カラスなどを避けるためです。五、六個の卵が産まれると、二週間から十八日間ほど雌が抱卵。ヒナがかえると三週間ほど育てられ、巣立ってゆきます。燕の子育ては約一カ月半です。

毎年六月ごろ、餌を軒下の巣へ運ぶ姿をよく見かけます。黄色い嘴《くちばし》のヒナたちは生後二週間ごろが最も食欲旺盛。親燕は飛ぶ虫を必死に捕まえ、多い時には一時間に二十回も巣へ運ぶといいます。
そんな燕の子育てを、唐の白楽天（白居易→詩人紹介）は「つばくらめのうた　劉《りゅう》じいさんを諭《さと》す（燕の詩　劉叟《りゅうそう》に示す）」詩で、こう表現しています。「家の梁《はり》の上に二羽の燕がいて、ひらひら雄と雌が飛び回っている。」

梁《りょう》上に双燕有り、翩翩《へんぺん》たり　雄と雌と（1）

垂木《たるき》の間に巣をかけ、四羽のヒナを生んだ。食べ物をほしがってピーピー鳴いている。餌の青虫はなかなか捕まらない。嘴や爪がボロボロになっても、親燕はヒナがおなかをすかせていないか心配し、疲れも知らず餌を運ぶ。懸命に育てること三十日。母燕は痩せ細ったが、ヒナは丸々してきた。鳴き方を教え、羽をつくろってやる。するとある朝、ヒナたちは勢いよく飛び立ち、後ろを顧みもせず、飛び去ってしまった。親燕は声がかれるほど叫ぶが、ヒナは帰ってこない。がっかりして、空っぽの巣の中で、一晩中泣き明かす。

人の子育ても同じです。息子が家を出て行ってしまったと嘆く劉じいさんに、白楽天はこう諭します。

考えてごらん、お前さんがまだヒナであった日、空高く飛び上がって親にそむいた時のことを。あの当時の親の気持ちを、今日こそお前さんは、はっきり知ったことだろう。

当時父母の念《おも》ひ、今日爾《なんじまさ》応に知るべし(2)

私も年老いた母や妻の両親を故郷に置き、飛び立ってきた身。親不孝を申し訳なく思います。詩の冒頭「梁上に双燕有り、翩翩たり　雄と雌と」の句から、斎藤茂吉の歌を思い出す方もいるでしょう。

のど赤き玄鳥《つばくらめ》ふたつ屋梁《はり》にゐて足乳根《たらちね》の母は死にたまふなり

一九一三（大正二）年五月、生母いくが亡くなった際の絶唱です。同年刊行の第一歌集『赤光《しゃっこう》』に収載されました。

「梁上の燕」と「たらちねの母」との関係が、私には長らく不明でしたが、今回、白楽天の詩と併せ読んで腑《ふ》に落ちました。親への感謝と申し訳なさ。「燕の愛」に学ぶべきことは多いようです。

注1、原文は「梁上有双燕、翩翩雄与雌」
2、原文は「当時父母念、今日爾応知」

若い苗

六月六日頃から二十四節気の「芒種《ぼうしゅ》」です。稲など芒《のぎ》（先端の突起）のある穀物の種をまく時季。ちょうどこの頃、梅の実が黄色く熟し、梅雨入りを迎えます。清流には蛍も飛び交い、田植えも本番。農家の人たちが多忙をきわめる時です。

田植えといえば思い出す話があります。二〇〇八（平成二十）年の秋、私たち夫婦は在外研修で中国杭州市の大学に滞在し、日本語学科の学生を半年間教えました。

私は鳴かず飛ばずで終わりましたが、妻の授業は人気がありました。何しろ声もジェスチャーも大きい。家で態度が大きいのは承知していましたが、初めて同じ学校で教壇に立つ妻の姿を目撃し、ちょっとビックリ。人気の妻はしばしば学生からプレゼントをもらいました（私にはなかった）。

なかでも十月九日に、ある学生がくれたみかんの記憶は、妻と私の心の中で夕日のように輝いています。妻の日記から引用しましょう。

作文の授業で教えている学生から、みかんをもらった。田舎の土産だと、わざわざくれた気持ちがうれしいね。彼のおじいさんが肺がんにかかり、とてもやせてしまって泣きそうな気持ちになったとか。散歩しながらおじいさんが、彼に言ったセリフに脱帽。『私は一生農民として生きてきた。稲に対して深い思いがある。稲は今実りの時を迎え、もうすぐ土に帰っていく。私はそれと同じだ。だけどお前はまだ若い苗だ。だからがんばらなくてはいけないよ』。いつか私もこんな深くて力のこもった言葉を、身近な愛する誰かに残せる人になりたい、そんな生き方をしたいと思った。

おじいさんのセリフは、純粋な真実の言葉でしょう。まさに『論語』（泰伯篇《たいはく》）の、

人の将《まさ》に死なんとする、其《そ》の言や善《よ》し(1)

です。

若い苗を田に植える芒種の頃、例年六月七日と八日の両日、中国では全国一斉に大学入学試験が行われます。「普通高等学校招生全国統一考試」。略称の「高考《ガオカオ》」で知られます。毎年一千万人を超える受験生が、一発勝負の試験に挑みます。日本の共通テストの受験者は六十万人弱。「高考」は規模も制度も違います。

都市部に入学希望者が集中しないよう、出身地別に合格者枠が決まっています。公平さを重んじる日本では、ちょっと考えにくい制度です。しかも、同じ大学でも、農村部出身の受験生には合格ラインが高く設定される場合が多いようです。

さらに、中国の戸籍には、農村戸籍と都市戸籍の区別があります。都市部への人口集中を避けるためとはいえ、やはり格差が問題になります。受験でも農村戸籍の学生にはハードルが高く設定されます。しかし、都市の大学に合格すれば、戸籍を変えられる。だから、なおさら必死に、受験勉強に励むのです。

妻にみかんをくれた学生は、その高いハードルを乗り越え、都市の大学に合格した「若い苗」でした。がんばって成長し、今では立派な大人になっていることでしょう。

今夏、田に植えられた若い苗にも、健やかに育ち、豊かな実りをもたらしてほしいと思います。

注1、原文は「人之将死、其言也善」。「人が死の直前にいう言葉には、利害得失から離れた、真実がこもっている」という意味。

千里同風

二〇二二年六月二十三日、東京白金台の八芳園で岸田文雄首相がアメリカのバイデン大統領を夕食会に招き、裕子夫人が茶を点《た》ててもてなしました。

テーブルと椅子を使う「立礼《りゅうれい》」の形式。これは一八七二（明治五）年の京都博覧会の際、正座に慣れない外国人客のために考案された点前《てまえ》(1)です。足のしびれを気にせずお茶を楽しめますから、もとは外国人への配慮でしたが、今では日本人にもありがたいですね。

床の間には「千里同風」の掛け軸がありました。

茶会では、もてなす側がその都度テーマを設定します。そのテーマは、掛け軸の言葉によって示される場合が多いのです。

政府の説明によれば「千里同風」は「遠く離れていても心は通じ合っている」という意味。だとすれば、テーマは「日米の結束」でしょうか。「同じ風」は、「共通の価値観」の象徴と受け取れます。

民主主義と自由の風。その風は、ウクライナや台湾には吹き渡りますが、ロシアや中国には届いていないように見えます。

八芳園の場所は、ホームページによれば、江戸初期、天下のご意見番と呼ばれた大久保彦左衛門(2)の屋敷でした。その後、明治の大実業家渋沢栄一の従兄弟《いとこ》、渋沢喜作の所有となり、日立製作所などの基礎を築いた久原房之助が大正期に購入しました。

庭園には料亭「壺中庵《こちゅうあん》」があり、今回の茶会や夕食会もここで開かれたようです。当初は「日本館」と呼ばれていましたが、庭園と館の織りなす秀逸な眺望から、中国故事「壺中の天」を連想した遠藤周作が命名したといいます。

「壺中の天」の故事はこんな話です(『後漢書《ごかんじょ》』方術伝)。


市場の役人をしていた費長房は、薬売りの老人が、仕事を終えると毎日、軒先にぶらさげた壺《つぼ》の中にぴょこんと飛び込むのを見つけた。ある日、出向いて挨拶し、酒と乾し肉を贈ったところ、老人は「明日、もう一度来なされ」と言った。翌日、老人と一緒に壺の中に入ると、そこは光輝く荘厳な御殿。美酒やご馳走《ちそう》が満ちあふれていた。老人は「人に言うな」と約束させた。老人は仙人であった。……

こんな壺があれば、私もぜひ入ってみたい! 妻のお叱りも届かないでしょうから。テレビの長寿番組「美の壺」も、きっとこの話から命名したのでしょう。

さて、大都会の喧噪《けんそう》から離れた別天地「壺中庵」には、「孫文の抜け穴」があるといいます。

孫文は一九一一年の辛亥《しんがい》革命を成功させた「中国革命の父」。三民主義(3)を唱え、中国でも台湾でも「国父」と仰がれる人です。日本に亡命していた時期には「中山樵《なかやまきこり》」と名乗ったりしました。「孫中山《ちゅうざん》」という通称はこれに由来します。

孫文の革命運動は多くの日本人に支えられていました。八芳園の所有者久原房之助もその一人。政財界の重鎮、黒幕《フィクサー》であった久原は、政敵の襲撃など不測の事態に備え、自邸に地下トンネルを掘り、孫文がいつでも逃げられるようにしたのです。

中国の自由と平等を求めた孫文。民主主義と自由の風が、「孫文の抜け穴」から、東アジアへ、そして世界全体へ、吹き渡ってほしい。

そんな「千里同風」は、いつか実現する日が来るでしょうか。

孫中山

注1、点前……茶道で、茶をたてたり炉に炭をついだりする際の作法・様式。
2、大久保彦左衛門……大久保忠教《ただたか》の通称。江戸初期の旗本。徳川家康のもとで戦功をあげ、秀忠・家光にも仕えた。
3、三民主義……民族・民権・民生の三つの主義からなる政治理論。一九〇五年に孫文が中国同盟会の綱領として提唱した。

アジサイの美

茶道では、床に花を活《い》ける際、「野《の》にある風情」を大切にします。花入れに霧を吹き、敢《あ》えてぬらすことも。花も花入れも、水を帯びることで美しさを増すからです。野や庭の草花も同じでしょう。なかでもアジサイは梅雨にぬれた姿がことさら美しいと感じます。

アジサイの学名「ハイドランジア」は、「水の器」という意味。宜《むべ》なるかな。納得のネーミングです。

アジサイの原種は、日本に自生する額アジサイ。中心部に小さな蕾《つぼみ》のように集まる「真花」を、「装飾花」と呼ばれる萼《がく》が、額縁のように飾る。だから「額アジサイ」です。装飾花が全体に広がったものを「本アジサイ」と呼びます。これがヨーロッパへ伝わり改良されたものが「西洋アジサイ」です。

「改良」と書きましたが、美の好みは人それぞれ。茶道では額アジサイや、少し小ぶりの山アジサイを好む場合が多いようです。清楚《せいそ》な美を尊ぶのです。日本的な美意識と言ってもいいでしょう。

美人の基準も、国や時代で大きく異なります。女性の美しさはよく花にたとえられます。楊貴妃(1)なら牡丹の花。ちなみに妻は、祖母から「ヒマワリみたい」と言われて育ったといいます。そのせいか、ちょっと育ち過ぎたようです。

さて、アジサイの語源には諸説ありますが、「あじ・あぢ」は「あつ」で集まること。「さい」は真藍《さあい》。青い花が集まり咲く様子から名付けられたようです。『万葉集』では二首に登場し、万葉仮名で「味狭藍」「安治佐為」と書かれています。

優美な漢字名「紫陽花」は、唐の白楽天（↓詩人紹介）に由来します。「紫陽花」という詩の序文に、

招賢寺に山花一樹有り、人の名を知るもの無し。色紫にして気香しく、芳麗愛すべく、すこぶる仙物（仙界の植物）に類す。因って紫陽花を以て之《これ》に名づく。

とあります。

杭州の山寺で紫色の花を見つけた白楽天は、仙界の植物のようだと感嘆し、名を尋ねたけれど、誰も知りません。そこで「紫陽花」という名を花に贈った、と詩に詠んでいます。

人間《じんかん》（人間世界）に在りと雖《いえど》も人識《し》らず、君の与《ため》に名づけて紫陽花と作《な》さん(2)

白楽天が名づけた「紫陽花」には芳香がありました。しかし、アジサイは香りの薄い花。ですから「紫陽花」とは、実はアジサイではなく、香水にもなるライラックだった。けれども、平安期の学者が誤ってアジサイにこの名を当てた、とも言われています。

しかし、白楽天の詩で「紫陽花」の名を知った平安貴族は、「誤った」のではなく、この優美な名を使いたくて、ふさわしい花を探した結果、美しいアジサイを「発見」したのかもしれません。アジサイは平安後期になると多くの和歌に詠まれるようになります。

一八二三年、オランダ商館の医師として来日したシーボルト(3)は、日本で見つけたアジサイに「オタクサ」と名付けました。愛した「お瀧さん」の名を冠したようです。アジサイの美にふさわしい名と思ったのでしょう。

十五世紀から十七世紀前半の大航海時代以来、西洋でも広く愛好され、二〇二二年六月にドイツで開催されたG７（先進七カ国首脳会議）の会合でも、テーブルに青いアジサイが飾られていました。

アジサイは、その美を発見する人と出会い、ふさわしい名を得て、初めて「美しい花」になりました。美は、発見されて「美」になるのです。

注1、楊貴妃……唐の玄宗皇帝の妃。その美貌などにより皇帝の寵愛を独占した。七五五年からの安史の乱で、長安近郊において処刑された。七一九～七五六年。

2、原文は「雖在人間人不識、与君名作紫陽花」

3、シーボルト……ドイツの医学者・博物学者。一八二三年、オランダ商館の医員として長崎に着任。鳴滝塾を開いて高野長英らに医術を享受した。帰国の際、荷物の中から国禁の地図などが見つかり、国外追放された。一七九六～一八六六年。

シーボルト肖像画（川原慶賀筆）

雨もまた奇なり

六月二十一日頃から二十四節気の「夏至《げし》」。一年で一番、日の長い時です。田植えが終わり、農家の人たちもほっと一息。冬至《とうじ》と比べると、夜の長さは約五時間も短くなります。短い夜を楽しむかどうかは、人それぞれ。雨も同じでしょう。

先日、四国と広島県を結ぶ「しまなみ海道」をドライブしました。行きは雨、帰りは晴れ。快晴の帰り道、車窓に広がる瀬戸内の風景は、まるで西洋の油彩画のよう。とても美しい景色でした。その一方で、行きに眺めた「霧雨《きりさめ》に煙る風景」もまた格別。一幅の山水画を見る思いがしました。

中国の杭州に、西湖《せいこ》という湖があります。

唐の白楽天（→詩人紹介）が「西湖の美」を発見して以来、さまざまな詩や絵画に表現され、日本の画僧雪舟も描いています。西湖の美を詠んだ詩はたくさんありますが、なかでも宋の蘇東坡《そとうば》（蘇軾→詩人紹介）の詩「湖上に飲《いん》す　初め晴れ後雨ふる」が有名です。「晴れのち雨」の日に湖上で舟遊びした蘇東坡は、西湖の美をこう詠じています。

水光瀲灎《すいこうれんえん》として晴れて方《まさ》に好《よ》し、山色空濛《くうもう》として雨も亦《ま》た奇（絶妙）なり（2）

広々とさざ波をたたえた湖面は、晴れた時こそ美しい。だが、周囲の山並みがぼんやり雨に煙った西湖もまた素晴らしい。

西湖を把《と》って西子《せいし》（西施《し》）に比せんと欲すれば、淡粧濃抹　総《す》べて相宜《よろ》し（3）

化粧が濃くても薄くても、西施の美しさは変わらない。同様に、晴れても雨でも、西湖はとても美しい。

西施は、紀元前五世紀に呉の国王夫差《ふさ》を虜《とりこ》にした越国の美女です。楊貴妃とならぶ中国四大美人の一人です。中国の諺《ことわざ》に

情人眼裏《チンレンイエンリー》　出西施《チュシーシー》

といいます。「恋人の目には西施が現れる」。つまり「ほれた目にはあばたもえくぼ」です。私も妻が西施に見えた頃がありました。妻の「えくぼ」が懐かしい……。

閑話休題。蘇東坡は、西湖の美を「雨も亦た奇なり」と称《たた》えましたが、松尾芭蕉も『奥の細道』の旅で、同じように「雨の美」を発見しています。

芭蕉が象潟《きさかた》（秋田県）を訪れたのは、一六八九（元禄二）年六月十五日（旧暦）。雨模様でしたが、

雨も又奇なりとせば、雨後の晴色《せいしょく》又たのもしき

と、蘇東坡の詩句から雨後の絶景を期待します。「雨の晴るるを待」って、象潟に舟を浮かべました。

一帯は、今では稲田の広がる平野ですが、一八〇四年の大地震で干上がるまでは、小島の点在する入り江でした。ほとりの蚶満《かんまん》寺の一室から風景を展望した芭蕉は

俤《おもかげ》松島にかよひて、又異なり。松島はわらふがごとく、象潟はうらむがごとし

と感じ、次の句を詠じたのです。

象潟や雨に西施がねぶの花

「西施が物思わしげに目を閉じ、ねむの花が雨にうたれている。そんな優しい風情が象潟

にはある」と。

この着想の背景には、雲気（水蒸気）の表現を大切にする、山水画の美意識があると思います。

ドイツの哲学者カント（一七二四～一八〇四年）は、「芸術は自然のように見えるとき美しく、自然は芸術のように見えるとき美しい」と言いました。

菖蒲の花咲く、長雨の時節です。「雨もまた奇なり」の風景に出会えたら、きっと楽しいことでしょう。


注1、雪舟……室町後期の画僧。一四六七年に明《みん》へ渡り、水墨画の技法を学ぶとともに、中国の景観から啓示をうけた。一四二〇～一五〇六年頃。
2、原文は「水光瀲灎晴方好、山色空濛雨亦奇」
3、原文は「欲把西湖比西子、淡粧濃抹総相宜」

カタツムリ

梅雨の雨音を聞いているうちに、カタツムリに会いたくなりました。一年に何度、出会うことでしょう。見ていると何だか気持ちが和みます。

全国に約八〇〇種。あまり移動しないので、各地の風土に適した形へ進化し、種類が増えたようです。昔は一山越えると方言が違うこともあったと言いますが、それと同じでしょうか。四国にはセトウチマイマイがいます。

カタツムリは夜行性ですが、乾燥や外敵の危険が少ない雨の日には、昼でも姿を見かけることがあります。スピード重視の時代に、ゆっくり歩く。現代人の目から見れば「いなくてもよい」存在かもしれません。

柳田国男[1]はこう述べています。

私たちは田舎の生活に遠ざかって居る為《ため》に、既に久しい間この虫が角を立てて、遊んであるく様子を見たことが無い。……我々の心があわただしく、常に物陰の動きを省みようとしなかった故に……知らぬ間に無くてもよいものになってしまって居る。（『蝸牛考《かぎゅう》』初版序）

カタツムリは、各地で名前がつけられ、異名が多い虫です。生物学ではマイマイ。他にデデムシ、ツグラメ、ナメクジなど。一九一一（明治四十四）年の唱歌♪「でんでん虫々 かたつむり。お前の頭は どこにある。角だせ、槍《やり》だせ、頭だせ」が流行して、全国に「かたつむり」の名が定着したようです。

それにしても「角だせ槍だせ」は少し乱暴すぎないでしょうか。ふだん妻に「角だすな、槍だすな」と願っている身としては、いじめじゃないの？と心配になります。

ところが、平安末期の歌謡集『梁塵秘抄《りょうじんひしょう》』にこうあります。

舞へ舞へ蝸牛《かたつぶり》、舞はぬものならば、馬の子や牛の子に蹴《く》ゑさせてん、踏み破《わ》らせてん。実《まこと》に美しく舞うたらば、華の園まで遊ばせん。

「触角を出して踊れ。やらぬと子馬や子牛に踏み割らせるぞ」と脅しているのです。子供の無邪気は、時に残酷の裏返し。これに比べれば、「角だせ槍だせ」で止めた明治の唱歌には、まだ配慮があったというべきでしょうか。

哀れんだ寂蓮法師(2)の歌に、

牛の子にふまるな庭のかたつむり　角のあるとて身をな頼みそ

「子牛に踏まれるなよ、かたつむり。角があるからと油断してはいけないぞ。」ほとけの慈悲心があふれています。そういえばお釈迦さまも、蟻を踏まないよう、いつも下を見ながら歩いたと言います。

カタツムリの頭には四本の触角があります。長い触角の先にある小さな目で光を感じ、短い触角で味や匂いを感じ取るようです。

一方、古代中国の故事では、角の先端には「小さな国」があるとされました。

魏《ぎ》の国王は、斉《せい》国が約束を破ったので、戦争を起こすべきか賢者に尋ねた。いわく「王はカタツムリをご存じでしょう。その左の角には触氏の国が、右の角には蛮氏の国があります。この両国が土地を争って戦い、数万の死者が出ました」。「それは作り話だ」と王がいうと、賢者は「心を無限の宇宙に遊ばせてこの地上を眺めたら、ごく小さなものでしょう。その中に魏国があり、その都に王がいる。ならば王と蛮氏と、何の区別があるでしょうか」

（『荘子』則陽篇）

「蝸牛角上《かぎゅうかくじょう》の争い」の故事です。宇宙から地球を眺めるような、スケールの大きい見方です。

唐の白楽天（↓詩人紹介）に「酒に対す」という詩があります。

蝸牛角上　何事をか争ふ、石火光中　此の身を寄す
富みに随ひ貧しきに随ひ且《しばら》く歓楽せよ、口を開いて笑はざるは是れ癡人《ち》(3)

カタツムリの角の上のような小さな世界で何を争っているのか。火打ち石から出る火のように短い一生なのに。金持ちは金持ちなりに、貧乏人は貧乏人なりに、生きてる間を楽しく暮らすべきだ。口を大きく開けて笑わないヤツはバカ者だ。

私が好きな詩の一つです。

この狭い地球上で領土を争う愚かさを王に説いた賢者が、もしロシアにいたならば、「大国」の王プーチンは、戦争を思いとどまったでしょうか。

「いなくてもよい」のは、カタツムリではありません。人間らしい魂の潤いと慈悲心を失った、小さな心の「王」の方です。

注1、柳田国男……民俗学者。『遠野物語』など著作が多い。一八七五〜一九六二年。
2、寂蓮……鎌倉初期の歌僧。叔父である藤原俊成の養子となったが、のちに出家。歌合の作者として活躍した。?〜一二〇二年。
3、原文は「蝸牛角上争何事、石火光中寄此身。随富随貧且歓楽、不開口笑是癡人」。

セトウチマイマイ

星に願いを

七月七日頃から二十四節気の「小暑《しょうしょ》」。長い梅雨もそろそろ終わりを告げ、本格的な夏がやって来ます。七月七日といえば、新暦の七夕。今回は宇宙に想《おも》いを馳《は》せてみましょう。

七夕は地域によって祝う時期が違います。旧暦で祝う地方では八月四日頃、月遅れなら八月七日。秋の行事になります。いずれにせよ、鵲《かささぎ》の橋を渡って彦星《ひこぼし》と織り姫が出会う「年に一度のロマンス」を想う日です。

「天文学者は皆ロマンチストですよ」と、天文学者の方から聞いたことがあります。子供の頃私も憧れ、父が買ってくれた小さな望遠鏡で、庭先から夜空を眺めるのが大好きでした。

地球にどうやって生命が誕生したのかは謎とされていますが、二〇二〇年の十二月に探査機「はやぶさ2」が小惑星から持ち帰った岩石に「生命の源」アミノ酸が含まれているとわかり、話題になりました。地球と火星の間を回る小惑星の名は「りゅうぐう」。乙姫さまの住む海を想わせる、ロマンチックな名前です。宇宙には無数のロマンス（恋物語）が煌《きら》めいているのです。

天の川は、英語ではミルキー・ウェイ（乳の道）。ギリシャ神話に由来する名前です。神々の頂点に君臨する最高神ゼウスは、子のヘラクレスに不死の力を与えようとして、眠っている女神ヘーラの乳を吸わせました。ところが、ヘラクレスの吸う力があまりにも強かったので、目覚めたヘーラは赤子を突き飛ばし、この時飛び散った乳が天の川になったといいます。

中国では伝統的に天の川を「河漢・銀漢・天河・銀河」と書きます。黄河や漢水は、中国を代表する大河です。それが「天にも流れている」と古代中国人は見たわけです。「天の河《がわ》」は「天を流れる黄河」、「銀河」は「白銀《しろがね》色の黄河」です。そこから牽牛《けんぎゅう》・織女の伝説が生まれました。

織女は天帝の娘です。機《はた》織りに精を出す働き者の娘でしたが、牛飼いの牽牛に嫁いだ途端、二人とも恋に溺れて仕事をしなくなりました。怒った天帝は天の河の両岸に二人を引き離し、年に一度だけ逢瀬《おうせ》を許したのです。

その日が七月七日でした。この日の夜に「お裁縫が上手になりますように」と織女星に乞い願う行事を「乞巧奠《きっこうでん》」といいます。(1)これが七夕のルーツです。唐の玄宗皇帝の頃盛んにな(2)り、やがて日本の貴族へ伝わって、江戸時代には庶民にも広がりました。色紙《いろがみ》の短冊に願い事を書いて青竹に結び、昔はこれを自宅の屋根の上に立てたようです。

玄宗皇帝と楊貴妃の悲恋を歌った白楽天（↓詩人紹介）の「長恨歌《ちょうごんか》」は、教科書でならった方も多いはず。その詩の末尾にこう詠っています。

七月七日《なのか》長生殿《ちょうせいでん》、夜半人無く私語《しご》（ささやき）の時
天に在りては願はくは比翼《ひよく》の鳥と作《な》り、地に在りては願はくは連理《れんり》の枝と為《な》らん、と(3)

七夕の夜に二人が永遠の愛を誓う場面です。比翼の鳥（翼を比《なら》べて飛ぶ鳥）、連理の枝（二本の樹が結合して木目が連なった枝）は、男女の深い愛の象徴です。

最近では大国の開発競争が進み、宇宙もずいぶん世知辛くなりました。人間の野心や欲望には際限がないかのようです。

「はやぶさ2」が示唆しているように、もし「生命の源」が宇宙から来たとすれば、われわれはみんな「星の子」でしょう。せめて七夕には「故郷」の夜空を見上げ、ロマンスに想いを馳せたいと思います。ロマンスの夢に胸をふくらませる「詩人の魂」を持つことは、人間の美しい本性なのですから。

注1、乞巧奠……「奠」は、そなえ物を神仏の前に置いて祭ること。仏前にそなえる香典も本来は「香奠」と書く。「典」は「奠」の字の書き換え。

2、玄宗皇帝……唐の第六代皇帝。李隆基。初期には「開元の治」と呼ばれる善政を行ったが、晩年楊貴妃を寵愛して、安史の乱を招いた。六八五〜七六二年。

3、原文は「七月七日長生殿、夜半無人私語時。在天願作比翼鳥、在地願為連理枝」

驪山　華清宮の長生殿

五風十雨

梅雨に限らず、長雨が続くと、うつうつとした気分になりがちです。和歌でも「長雨」に「眺《なが》め（物思いにふけりながら見る）」を掛けて用います。

小野小町(1)も、老いゆく（経《ふ》る）身を、降る長雨に掛けて嘆いています（『古今和歌集』）。

　花の色は移りにけりないたづらに　我身よにふるながめせしまに

そんな時、憂さ晴らしの工夫は人それぞれでしょう。音楽を聴くのもいいですね。ブラームスのバイオリン・ソナタ「雨の歌」は素敵《すてき》な曲です。カラオケもお薦め。若い頃からませていた私は、八代亜紀の演歌「雨の慕情」をよく歌いました。「♪雨々ふれふれもっとふれ、私のいい人つれてこい」。一九八〇年の曲です。私は十五歳でした。よい演歌には文学に通じる味わいがあります。

もちろん雨の日の読書もいい。晴耕雨読といいます。そんな雨読の休日。「熱帯夜」という語を造り、気象キャスターとしても人気だった倉嶋厚さんの『雨のことば辞典』に、ポーランドの「なぞなぞ」を見つけました。

私がいないと私を求め、私がいると私の前から逃げる。

何でしょうか？　答えは「雨」。雨は、少ないと求められ、多いと嫌われます。雨は適量でないと困るのです。梅雨の後半は熱帯性の土砂降りになることも多いのですが、前線が列島から少しずれると「空梅雨《からつゆ》」になります。豪雨も困るが、水不足も困る。

そんな気持ちが、漢字にも現れています。漢字の「雨」は、空から水滴が落ちてくる象形文字。降らないと巫女《みこ》が雨乞いをしました。それを示す漢字が「靈（霊）」です。よく見て下さい。この字の下部に「巫女」がいますね。巫女が天を仰いで「♪雨々ふれふれ」と祈っているのです。

さて、天候が順調で、農作に都合のよい状態のことを「五風十雨《ごふうじゅうう》」といいます。私も知らなかったのですが、茶道の稽古の際に掛け軸を拝見し、初めてこの言葉を知りました。「五日に一度、枝を鳴らさないほどの穏やかな風が吹き、十日に一度、土を崩さない程度の適量の雨が降る」。これが「太平の瑞応《ずいおう》（太平の世に感応して天が降《くだ》す吉兆）」であるとされ、そこから「五風十雨」は「世が安泰なこと」を意味する言葉になりました。掛け軸のほか、店舗の名前、日本酒の銘柄にも使われています。

ところが、出典である中国の古典『論衡《ろんこう》』（是応《ぜおう》篇）を紐解いてみると、「五風十雨を期待しても、現実には不可能だ」と指摘しているのです。

確かに今の世界情勢や気候も「五風十雨」とはかけ離れています。人生も時に暴風雨を避けられません。外から襲われることもあれば、心の中に吹きすさぶ時もあります。

倉嶋さんも七十三歳で愛妻を亡くし、悲しみから強いうつ症状に見舞われました。「後を追いたい」と願ったものの、四カ月の入院を経て平静を取り戻し、その体験を著書『やまない雨はない』にまとめました。その後九十歳まで、うつに悩む人のための活動を実践されたといいます。

誰にとっても人生行路は風雨との戦いです。

私の母は宮沢賢治の「雨ニモマケズ」の詩が大好き。長い人生の中で何度も励まされてきたようです。


雨ニモマケズ、風ニモマケズ。雪ニモ夏ノ暑サニモマケヌ、丈夫ナカラダヲモチ、慾ハナク、決シテ瞋《いか》ラズ、イツモシヅカニワラッテヰル……

「やまない雨はない」と自らを鼓舞しながら、さあ、今日も歩いてゆきましょう。

注1、小野小町……平安初期の歌人。六歌仙・三十六歌仙の一人。絶世の美女として知られ、伝説も多い。

小野小町

一日花

七月二十三日頃から二十四節気の「大暑《たいしょ》」を迎えます。夏の猛暑の盛り。少しでも涼を呼ぼうと、風鈴や打ち水、よしずなど、昔から納涼の工夫がなされてきました。酷暑を乗り切るためには、スタミナも大切。それにはウナギが一番です。

そのウナギを食べるのは、土用の丑《うし》の日とされています。立秋、立冬、立春、立夏の前十八日間を土用と呼びます。わが家もウナギで酷暑を乗り越えたいと思いますが、手が届く値段かしら。

「高嶺《たかね》の花」のウナギはさておき、この時季を彩る花に、朝顔や木槿《むくげ》があります。どちらも朝咲いて夕方にはしぼむ「一日花《いちにちばな》」です。

朝顔は奈良時代に中国から渡来しました。種は「牽牛子《けんごし》」と呼ばれ、下剤などに用いたようです。「アサガオ」の名は平安朝から。『源氏物語』や『枕草子』にも登場します。

ずっと青い花でしたが、江戸時代、一六六四年の文献に初めて白い花が記され、十七世紀末には赤、淡青、るり色も登場します。以来、江戸庶民は、花や葉が変形した「変化朝顔《へんげ》」の栽培に熱中し、明治から大正期には、今の「大輪朝顔」が主流となりました（米田芳秋『アサガオ　江戸の贈り物』）。

『方丈記』では、世の無常を象徴する花として登場します。

朝《あした》に死に夕《ゆうべ》に生まるるならひ、ただ水の泡にぞ似たりける。……いはば朝顔の露に異ならず。

茶聖利休の(1)「朝顔の茶湯《ちゃのゆ》」も有名です。

利休屋敷の朝顔が見事だと聞いた秀吉が朝茶に行くと、庭には一枝もなく、茶室の床《とこ》に一輪、色あざやかな朝顔が活《い》けられていました。秀吉は眼の覚める思いがして大いに褒めたといいます（『茶話指月集』）。

そういえば、茶室の中では「生きている物」は草花だけです。利休が活けた「一輪の朝顔」は、生命の息吹を鮮烈に感じさせたことでしょう。弱気な私にはとてもできない演出です。

山本兼一の『利休にたずねよ』は、直木賞をとり、映画化もされた話題作です。フィクションですが、木槿の登場する印象的な場面があります。

牢《ろう》に入れられ、売り飛ばされそうになっている高麗《こうらい》の貴女を助けた十九歳の田中与四郎

（のちの利休）は、浜辺の納屋で女と筆談をします。

当時、朝鮮と日本の共通言語は漢文でした。死を覚悟した女が筆で書いたのは、白居易（↓詩人紹介）の詩の一節でした。

槿花《きんか》は一日《いちじつ》なるも自《みずか》ら栄《えい》となす（2）

「木槿の花は一日しか咲きませんが、それでもすばらしい栄華なのです。私も短い命ですが、後悔はありません」と。

木槿は韓国の国花です。国章にもデザインされ、大統領と夫人に授与される最高位の勲章も「無窮花《むくげ》大勲章」。ホテルのランクも、木槿の花の数で表示されます。

「槿花一日の栄《さかえ》」は、「短い栄華」を意味する言葉ですが、しかし実は、そうした「一日一日の花」を大切に積み重ねてゆくことこそ、人生を充実させる秘訣なのかもしれません。

医師で歌人の上田三四二《みよじ》に忘れがたい歌があります。

死はそこに抗《あらが》ひがたく立つゆゑに　生きている一日一日《ひとひ》はいづみ

病気が癌《がん》とわかった一九六六年、四十三歳の歌です。癌の多くは、今では完治を期待できるようになりました。しかし、医学がどれほど進歩しても、また、健康な人にとっても、「生きている一日一日はいづみ」という本質は、変わることがありません。
自分の「一日花」を、今日も大切に咲かせたいと思います。

注1、利休……千利休。安土桃山時代の茶人。茶道の大成者。宗易と号した。織田信長・豊臣秀吉に仕え寵愛されたが、秀吉の怒りに触れ切腹。一五二二～一五九一年。

2、原文は「槿花一日自為栄」。「方言五首（其の五）」に「松樹千年なるも終《つい》に是《こ》れ朽ち、槿花一日なるも自ら栄と為す」と。

大韓民国の国章
（ムクゲの中に太極図）

夏休みの旅（上）

大学はもう少しで夏休み。八月初旬が待ち遠しいです。その前に「読書の大切さ」を語る授業が二回あります。私は毎年「読書は旅だ」と言って、学生を煙に巻いています。体験談を交えて話すのですが、実際ふり返ってみると、青少年期、旅と恋と本、この三つが自分を鍛えてくれました。旅の多くは夏休みの体験です。

静岡の山里に生まれた私は、幼い頃、村の周辺が世界のすべてでした。夏休みは川で水遊び。井上陽水の歌「♪夏まつり宵かがり……八月は夢花火、私の心は夏模様」。そんな「少年時代」。両親や祖母に見守られ、何の不安もありませんでした。少年期の思い出は「甘美な夢」です。

中学生の時、初めて友人と電車を乗り継ぎ、静岡市へ行きました。駅に近づくと緊張のあまり心臓が高鳴ったことを覚えています。

電車通学を始めた高校時代。移動に慣れ、夏休みには一人旅に出ました。青春18きっぷで九州へ。奮発したブルートレインの車窓から見た瀬戸内海の朝焼けが、忘れられない風景になりました。

実家を出る時、祖母が餞別《せんべつ》に一万円札をくれました。「このお札は九州でも使えるのか」と訊《き》かれたことが懐かしい。祖母は明治の生まれで、ほとんど故郷を離れたことのない人でした。

鹿児島では、国鉄のバスで山奥へ。一人降りまた一人降り、とうとう乗客は私一人です。ようやく乗り間違えたことに気づきました。

運転手さんが民宿を紹介してくれ、翌朝また同じバスで引き返しました。車窓の見慣れぬ果樹を枇杷《びわ》だと教えてくれた運転手さん。乗客のおばあさんとは鹿児島弁で。理解できない日本語があると知り、衝撃を受けました。

宮崎の高千穂峡では、男の子と小舟で峡谷を観光。大阪から一人旅の小学六年生です。かわいい子には旅をさせよ、の親心だったのでしょう。

旅の後半は所持金が底を尽き、帰路は鈍行列車で帰るはめに。かっぱえびせん一袋の旅です。車内で知り合ったおじさんが、山口の柳井駅でラーメンをご馳走《ちそう》してくれました。五臓六腑《ろっぷ》に染み渡ったことを覚えています。その晩は防寒用の段ボール箱を持っている浮浪者の方を羨みつつ、柳井の駅舎に泊まり、朝一番の列車で静岡へ。所持金は十円玉一枚でした。

その一枚で夕方、故郷の駅舎から母に電話して、無事を知らせました。

さて、私が好きな詩人長田《おさだ》弘の「世界は一冊の本」という詩に、次の一節があります。

書かれた文字だけが本ではない。日の光り、星の瞬き、鳥の声、川の音だって、本なのだ
ウルムチ、メッシナ、トンブクトゥ、地図のうえの一点でしかない　遙《はる》かな国々の遙か
な街々も、本だ

高校時代、李白の詩「黄鶴楼にて孟浩然《もうこうねん》の広陵に之《ゆ》くを送る」を知り、悠久の中国を想《おも》いました。孟浩然の乗る舟が長江を下り、水平線に消えるまで見送る李白。

孤帆の遠影　碧空（青空）に尽き、唯《た》だ見る長江の天際《てんさい》に流るるを(1)

いつか自分も筏《いかだ》で長江を下ってみたい、そんな憧れを抱きました。夢の実現は大学三年生の夏休み。恋の話も、また次回に。

注1、原文は「孤帆遠影碧空尽、唯見長江天際流」

夏休みの旅（下）

青少年期を振り返ると、自分を鍛えてくれたのは、旅と恋と本でした。今回は「読書は旅だ」と語る授業の二回目です。李白の漢詩「黄鶴楼にて孟浩然《もうこうねん》の広陵に之《ゆ》くを送る」の世界を、実際に旅した時の話になります。

長江を下る夢が実現したのは、大学三年生の夏休み。一九八五年、返還前の香港を出入り口に、二十日間、大陸を一人で旅しました。

飛行機も初めて。香港の空港でタラップを降りると、熱風にあおられ、亜熱帯へ来たことを知りました。いくら待っても、来るはずの旅行社の人は現れません。結局、古いビルの安宿に三泊。自分でビザを取得して大陸へ向かいました。

当時、中国語はできず、英語で何とか、と高を括《くく》っていました。しかし、混乱の文化大革命[1]が終わって十年足らず。英語はほとんど通じません。それでも、食事と宿だけは確保しないと行き倒れになる。身ぶりと気合、筆談だけが頼りの旅になりました。

汗と埃《ほこり》にまみれ、喧噪《けんそう》と異臭のなか、砂混じりの飯を食べながら桂林（広西チワン族自治区の都市）に着くと、璃江《りこう》下りの船に乗り込みました。両岸には奇峰林立の絶景が広がります。

桂林の山水　天下に甲たり(2)

と漢文で書かれた一メートルほどの扇子が気に入り、大型リュックに差し込みました。船で川を下っていると、裸の子供たちが泳いで近づいてきます。手持ちの飴《あめ》を投げてあげました。桂林から汽車で長江上流の街へ。二泊三日の旅。満席で買えた切符は「無座」（座席無し）。車内は超満員です。結局、トイレのドア横で一晩しのぐことになりました。頭上を何度も人がまたぎ、足元には車内のごみが集まってきます。たまらず貴州駅（中国南部の山岳都市）で下車すると、パスポートをかざしながら、貴賓用の窓口へ直行。寝台列車の切符に買い替えました。

当時、外国人は何でも特別待遇で、通貨も兌換《だかん》券でした。人民元では買えない外国製品が買えます。割り増しでいいからと、よく人民元との交換を求められました。

長江上流の大都市重慶に着くと、フェリーで長江を下ります。二泊三日の旅。両岸から断崖絶壁の迫る三峡(3)を経て、黄鶴楼のある武漢市へ。李白詩の世界を堪能しました。その当時は、日本軍の重慶爆撃（死者一万人以上）も知らず、三峡ダム（一九九三年着工）もまだ無い頃です。

帰国すると五キロ以上痩せていました。当時付き合っていた彼女（妻ではありません）に、お土産として香港で買った赤いブランド物（偽）のバッグをプレゼントしました。しかし、出発前とは明らかに態度が違います。はがき一枚出さず放っておいたのですから、当たり前ですね。愛は移ろい行くものと知りました。もう中国へは行くまい、そう思いましたが、運命のいたずらで今に至ります。

こうして「夏休みの旅」を重ねながら、少しずつ世界を広げ、他者と出会い、自分を知りました。これすなわち読書の効用と同じです。だから「旅は読書」なのです。逆もまた真なり、でしょう。

「諸君、読書は旅である。大いに本を読みたまえ！」こう言って、今年もまた夏休み前の授業を終えるつもりです。

注1、文化大革命……一九六六年に始まった中国の政治・思想・文化に関する闘争。毛沢東が主導し、紅衛兵などによって多くの文化財が破壊され、多大な犠牲者が出た。毛沢東の死後、その妻江青など「四人組」が逮捕され、七七年に終結が宣言された。

2、原文は「桂林山水甲天下」
3、三峡……上流から順に「瞿塘《くとう》峡・巫《ふ》峡・西陵《せいりょう》峡」。古来、航行の難所とされたが、奇峰や史跡が多く、長江観光の名所。

瞿塘峡

ちいさい秋

残暑お見舞い申し上げます。八月七日頃から二十四節気の「立秋《りっしゅう》」です。夏至と秋分の中間に位置して、秋の気配が立ちはじめる頃。立秋を過ぎれば、暦の上では既に秋です。手紙の挨拶も「残暑お見舞い」に変わります。

でも「秋の気配」は一体どこに？「♪誰かさんが 誰かさんが 誰かさんが 見つけた」「ちいさい秋」は、いつ訪れるのでしょうか。

秋になったとは言え、実はまだ「三伏《さんぷく》」のうち。一年で最も暑い時季です。「三伏」とは、夏至以降の「三つの庚《かのえ》の日」をいいます。「初伏《しょふく》」は、夏至から数えて三回目の庚の日、「中伏《ちゅうふく》」は四回目の、「末伏《まっぷく》」は、立秋になって最初の庚の日です。毎年七月中旬から八月初旬が三伏、酷暑の時季にあたります。

立秋を含む「二十四節気」が確立したのは、中国の前漢時代（紀元前二世紀頃）と言われます。

基準となっているのは都長安（陝西省西安市）が置かれた黄河中流域の気候です。日本では七世紀の初め、聖徳太子の頃に中国の暦と共に採用されました。奈良や京都は、北緯三十四度から三十五度に位置します。長安（西安市）とほぼ同じ緯度ですが、季節感には少しずれが生じます。大陸性気候と海洋性気候の違いがあるからです。

「焼け石に水」と言いますが、岩石は熱しやすく冷めやすい。海水は逆です。熱しにくい海に囲まれた日本では、暑さのピークが大陸よりも遅れてやって来ます。

夏至のギラギラ太陽で、岩石の上の西安市はすぐに熱し、七月が猛暑のピークに。八月には急に気温が下がり始めます。一日の寒暖差も大きい。一方、海に浮かぶ日本では、暑さのピークは八月初旬です。夜も暑くてエアコンの涼風が欠かせません。そんな時季に、立秋が訪れるのです。

秋来ぬと目にはさやかに見えねども 風の音にぞおどろかれぬる

『古今和歌集』の藤原敏行の歌です。立秋の日、いつもと違う風の音に、もう秋なのだと、はっと気づかされた、と。自然のわずかな変化にも敏感に気づく、日本人らしい繊細な感覚を歌っています。

しかし、風に秋を感じるのは、中国由来の発想です。

二十四節気では、立秋の兆候として「涼風至る」が挙げられています。また、唐の白楽天（→詩人紹介）は「新秋に涼を喜ぶ」という詩で「月日の流れや季節の変化を、誰よりも早く感じ取ってこそ詩人なのだ」と詠っています。

光陰と時節と、先づ感ずるは是れ詩人(1)

こうした発想に学びながら、日本人は自分の感性を磨いていったのです。

一九五五年の童謡「ちいさい秋みつけた」で、詩人のサトウハチローは「もずの声」「秋の風」「はぜの葉」に「ちいさい秋」を見つけています。

ハチローは三歳の頃、脇腹に大やけどを負い、後遺症で、大人になってからも「うつ伏せ」で執筆しました。「ちいさい秋」作詞の際も、庭の「はぜの木」が紅葉しているのを窓から見つけて、着想を得たといいます。

私たちは、いわゆる「詩人」ではありません。けれども皆、心のどこかに「小さな詩人」を宿しているはずです。その「詩心」こそ、季節感を尊ぶ日本の美意識を、未来に伝える本質でしょう。

自分の感受性くらい　自分で守ればかものよ

そう、詩人の茨木のり子は叱りました。たぶん、自分自身を叱っているのでしょう。本当にそうですね。日常生活の中で感受性がひからびてゆくのは、誰のせいでもありません。自分の感受性くらい、自分で守りたい。「誰かさん」に頼らず、「ちいさい秋」を、自分で見つけたいと思います。

注1、原文は「光陰与時節、先感是詩人」

茨木のり子（昭和21年撮影）

お盆のスイカ

八月八日頃から二十四節気の「立秋」。季節は秋に移ります。十三日からお盆。十六日はお盆の明けで、京都五山の送り火がニュースになります。

お盆には家族そろって先祖の霊を迎え、感謝を込めて供養するのが、昔からの習わしです。実家に帰省するのもそのためでした。

前日に盆棚（精霊棚《しょうりょう》）を飾り、入りの十三日に墓参り。夕方には迎え火を焚《た》きます。盆の期間中に法要と会食。盆明けの十六日には、盆棚へご馳走《ちそう》を供え、夕方には送り火を焚いて先祖を見送ります。もちろん、順序やタイミングは、地方によって違いもあるようです。

盆棚の前には、精霊馬と精霊牛を飾るのが一般的。キュウリの馬は「ご先祖様、早く帰ってきてね」、ナスの牛は「ゆっくりあちらへ帰ってね」の思いを込めたものです。

果物は、スイカや梨などまるい物を切らずに供えます。スーパーのパック詰めのスイカは、個食には便利ですが、お供えには不向きです。俳人の稲畑汀子《ていこ》の句に、

十人の集まれば切る西瓜かな

まるいスイカを切り分け、皆でいただくのが、お盆の団欒《だんらん》にはふさわしいようです。知ったかぶりしてここまで書いてきましたが、恥ずかしながら、五十も半ばを過ぎた「立派なオヤジ」のくせに、実家へ帰省するといつも母まかせ。今回調べて初めて知ったことが多いのです。

しかし、伝統行事や季節感は「時の彩り」でしょう。大切にしないと、三六五日がデジタル時計のように平板で味気ない時間になってしまいます。そんな時間で人生を埋め尽くしたくはありません。できれば、彩り豊かな人生にしたい、そう私は願っています。

食事も、人生を豊かにする重要な要素ですね。季節感を尊ぶ「和食」は、二〇一三年、日本の伝統的な食文化として、ユネスコの無形文化遺産に登録されました。

和食の代表、懐石料理では「走り、旬、名残《なごり》」の食材で、移ろう季節を表現します。スイカは、俳句では秋の季語。まさに今が旬の時季です。中国にいた頃、行きつけのレストランでは、冬もデザートはスイカ。妻と「季節感ないよね」と悪口を言っていました。

ところが、です。スイカは元来、四季を通じて食されるものだったのです。中国語では「西瓜」と書きます。中国よりもさらに「西からきた瓜《うり》」。そのスイカの起源地はアフリカ大陸、人類誕生の地です。

南部のカラハリ砂漠に住む狩猟採集民は、三十年ほど前まで、乾期の半年間、野生のスイカだけが唯一の水源でした。これを水瓶《みずがめ》として命を繋《つな》いできたのです。主食もスイカです。雨期（十二～四月）に栽培した、黄色い果肉のスイカを貯蔵し、鍋や干しスイカにして、隣人にも振る舞ったといいます（ＮＨＫ特集「スイカ　砂漠の民の水瓶」一九九四年）。

やがてアフリカから持ち出され、紀元前五〇〇年ごろ、ヨーロッパ南部に広がりました。日本への伝来は室町時代以降といいます。この間、品種改良を経て糖度が増し、果肉も次第に赤くなりました。果肉が赤ければ赤いほど、甘いスイカだそうです。

「今ここ」を生きる私。両親から十代遡《さかのぼ》れば、計算上では、先祖の数は二〇四八人。二十代遡れば一〇〇万人を超えます。「私」のルーツは遠くアフリカに繋がっているのです。スイカは人類を潤した生命《せいめい》の水。盆棚に供え、先祖とともに感謝したいものです。


西瓜つれアフリカ出でし人の旅　今日送り火の赤き血潮に

愚作にて失敬。

空海の留学（上）

八月二十三日頃から二十四節気の「処暑《しょしょ》」。暑さが処《とま》り、落ち着き始める頃です。暑気と冷気が行き合う、季節の変わり目。台風シーズンの到来です。収穫を間近に控えた稲穂が、強風で吹き倒されませんように。

一二〇〇年以上前、唐に渡った空海は、台風に遭い、九死に一生を得ました。今回は空海入唐《にっとう》の旅を振り返ってみましょう。

七七四年、讃岐の豪族佐伯家に生まれた空海は、幼名を真魚《まお》といいました。著名な学者の家系で、幼い頃から漢文を学び、十八歳で都（長岡京あるいは平城京）の大学に入学します。しかし当時の大学は、従《じゅ》五位以上の貴族が、出世の箔《はく》付けに子弟を入れる所。儒教や道教も教えましたが、空海は満足できません。さしずめ「学歴が欲しくて来たわけじゃない！」と、二十歳で大学を中退。山林での仏道修行を決意します。

その心境を詠じた詩（『三教指帰《さんごうしいき》』巻下）に、こう述べています。

已《すで》に三界《さんがい》の縛《ばく》を知んぬ、何ぞ纓簪《えいしん》を去《す》てざらん(1)

「すでに三界《このよ》は自由な学問を束縛すると知った。冠の纓《ひも》や簪《かんざし》（官位）は捨て去るべきだ」と。

その後、阿波の大瀧嶽《たいりょうのたけ》、伊予の石鎚山など、各地で修行に没頭。室戸崎の御厨人窟《みくろど》では、明星《みょうじょう》（菩薩の化身）が口から飛び込み、空と海の風景から「空海」の法名を得たといいます。

しかし、仏教の奥義は一人では極め難く、疑念解消のために何とか中国へ渡りたい、そう熱願した空海は、三十一歳の四月に東大寺で受戒します。こうして正式な留学僧《るがくそう》となった空海は、たまたま出た欠員の補欠として、乗船を許可されます。留学僧は二十年間、中国に「留まって学ぶ」ことが義務とされていました。

実は、空海が乗った船は、前年四月に難波津《なにわづ》（大阪港）を出航したのですが、暴風雨によって大破してしまい、いったん引き返して、翌年六月に再び出帆したのでした。禍福はあざなえる縄のごとし。空海は暴風雨のおかげで遣唐使船に乗り込むことができたのです。次の派遣は三十四年後。この機を逃せば、空海の留学は実現しなかったことでしょう。

しかし、航海は順風ではなく、暴風雨に遇って帆は破れ、海上を漂うこと一カ月余り。遣唐使船には一艘《そう》に一〇〇人以上が乗っています。やがて水は尽き、人は疲れはてて、四艘のうち二艘は行方不明に。きっと海の藻屑となったのでしょう。中国に着いたのは、最澄(2)が乗る第二船と空海の第一船のみでした。もしこの二艘が沈没していたら、日本仏教は違う道を歩んでいたに違いありません。

空海の第一船が、南方福建の海岸に漂着したのは、旧暦の八月十日でした。海上を一ヶ月以上も漂流し、国書も印書も持たない、ぼろ雑巾のような一行は、日本の使節であることを疑われ、足止めされてしまいます。

この窮地を救ったのが、補欠の空海でした。

稚拙な漢文しか書けない大使から、交渉を任された空海は、「大使のために福州の観察使に与ふる書（手紙）」（『性霊集』巻五）を執筆します。福州の長官は、その深く広い教養と見事な墨跡の名文に感嘆。ついに一行を遣唐使と認め、長安行きを許可してくれたのです。

勇躍、都へ向かった空海。その彼を、運命の出会いが待ち受けていました。


注1、原文は「已知三界縛、何不去纓簪」
2、最澄……平安初期、日本天台宗の開祖。八〇四年に入唐し、天台教学等を学んで翌年帰国、天台宗を設立した。七六七〜八二二年。

空海の留学（下）

空海が乗った遣唐使船が暴風雨に見舞われ、福建の海岸に漂着したのは、八〇四年の八月でした。空海の墨痕淋漓《ぼっこんりんり》の名文により、都行きを許可された一行は、十二月下旬、長安に到着します。

当時の長安は、人口百万と称される、世界最大都市の一つ。七九四年に遷都した平安京もこの都市にならいましたが、長安城は平安京の四倍近い面積がありました。東西二つの市場があり、酒店では、緑眼巻髪のペルシャ（イラン）美女が葡萄《ぶどう》酒を注ぐ、異国情緒たっぷりの魔都です。

科挙受験のため、親からたんまり生活費を渡され、上京した知識青年が、銀座の高級ホステスのような美人芸者に溺れて、道を踏み外す物語『李娃《りあ》伝』も今に伝わります。私はさしずめそのタイプですが、空海は違いました。

皇帝への謁見と正月の祝賀行事をすませた大使一行が、早くも帰国の途につくと、空海は二月、多くの留学僧《るがくそう》が滞在する西明寺《さいみょうじ》に移り、インド僧から梵語《ぼんご》(1)や瞑想法《めいそう》などを学びはじめます。

西明寺には、唐で三十年以上学んだ大先輩、永忠《ようちゅう》もいました。その部屋の庭を見た際の感想を、空海は次のように詠っています。(2)

竹を看　花を看れば　本国（日本）の春
人の声　鳥の哢《さえず》りは　漢家（唐）新たなり
君（永忠）が庭際の小山の色を見れば
還《ま》た識る　君が情の塵に染まらざるを

竹や花を看ると日本の春と変わらないが、人の話し声や鳥のさえずりは唐のもので新鮮だ。あなたが過ごした庭の小さな築山の風情を見れば、あなたが長年、世俗の塵に染まらず過ごしてきたことがわかります。

空海と入れ替わりで帰国した永忠は、その後、大僧都《だいそうず》の高位につき、八一五年、滋賀の韓崎《からさき》へ行幸した嵯峨天皇に、(3)手ずから茶を煎じ奉っています。これが日本の正史では、喫茶の最初の記録になります（『日本後紀』）。

西明寺は、牡丹《ぼたん》の名所でもありました。白楽天（↓詩人紹介）も空海がいた同じ年の三月に牡丹を見に訪れ、詩を詠じています。もしかしたら境内ですれ違い「ニイハオ！」と挨拶を交わしたかもしれません。

日本文化に多大な影響を与えた二人が、八〇五年三月のある日、共に西明寺にいたという事実は、感慨深いものです。この奇縁を二人は知らず、却《かえ》って一二〇〇年後のわれわれが、それが「奇縁」であったことを認識できる。歴史には、遠望でしか見えない風景があるのです。

五月の半ば、青龍寺に移った空海は、ここで、運命の師、恵果《けいか》和尚と出会います。恵果は初対面の際、空海を見て

あなたが来られるのを、長い間待っていた。今日会えて本当によかった、本当によかった（太好《タイハオ》！太好！）

と歓喜したといいます（『御請来目録《ごしょうらいもくろく》』）。

三カ月という超短期間で密教の奥義を伝えられた空海は、伝法阿闍梨位《でんぽうあじゃりい》（最高指導者）の灌頂《かんじょう》（4）（水を頭に注ぐ儀式）を受け、真言密教の第八祖になります。恵果使用の衣鉢《いはつ》も継ぎました。

その半年後に、恵果は亡くなります。その日の夜、空海の夢に現れ、こう告げたといいます。

「これまでわれらは幾世も互いに師となり弟子となってきた。今度は私が弟子になる番だ。

一足先に東（日本）に生まれるから、あなたも長安にぐずぐずなさるな。」

これにより空海は、本来二十年の留学を二年で切り上げ、「闕期《けつき》（短過ぎ）の罪」も覚悟で、帰国を決めたのです。もしこの時帰らなければ、次の帰国船は三十三年後。空海の寿命は、唐で尽きていたことになります。

こう見てくると、空海の留学は、補欠の留学僧が九死に一生を得て、密教第八祖に変じた、まさに「奇跡のたまもの」です。

しかしそれは、長年の努力と研鑽《けんさん》、勇気と実践に対して与えられた「ご褒美」だったに違いありません。まさに「天は自ら助くる者を助く」、(5)そのように見るべきなのでしょう。

注1、梵語……古代インドの文語であるサンスクリット語のこと。梵天が作ったという伝承から、中国・日本でいう。

2、「在唐観昶法和尚小山」詩に「看竹看花本国春、人声鳥哢漢家新。見君庭際小山色、還識君情不染塵」と。

3、嵯峨天皇……平安初期の天皇。桓武天皇の皇子。漢詩文に長じ、日本人による漢詩集『文華秀麗集』『凌雲集』を編ませた。書にも秀で、三筆の一人。

4、袈裟と鉢を師僧から弟子に伝え、法（仏教の奥義）を継いだ証拠とする。

5、「天は自分で努力する者に幸福を与える」という意味。

中秋の名月

九月八日頃から二十四節気の「白露《はくろ》」です。朝夕はすっかり涼しくなり、草に白い露がおく時季。実りの秋を迎え、「花より団子」派にも嬉《うれ》しい季節です。

団子といえば、この時期、旧暦八月十五日の「中秋の名月」を迎えます。

中国では「中秋節」は三連休。親族が里帰りし、一家団円の時を過ごすのが伝統です。その際、手土産として欠かせないのが月餅《げっぺい》。お父さんも料理の腕を振るいます。ご馳走《ちそう》が並ぶ食卓を皆で囲み、老いた親を中心に団欒《だんらん》を楽しむのです。

満月が昇ると、西瓜《すいか》や梨、葡萄《ぶどう》、月餅など、円い供物の置かれた祭壇（拝月台）を前にして、大きな線香を持ち、月を拝みます。

願うのは、翌年の豊作と一家団円。「万事が満月のごとく円満でありますように」と祈ります。儀式がすむと大きな月餅を均等に切り分け、皆で戴《いただ》くのです。

中秋節は、もともと月の神さま「月神」を祭る行事でした。

月神の嫦娥《じょうが》は、中国の神話に登場する女神です。夫の羿《げい》は弓の名人。仙女の西王母から不死の薬をもらいましたが、なんと妻の嫦娥は、この薬をこっそり盗み飲んで、月の宮殿に逃げてしまいました（『淮南子《えなんじ》』）。その報いで彼女はヒキガエルになったと言います。

一説では、さらに玉兎《ぎょくと》（月の兎《うさぎ》）へ姿を変えた、とも。玉兎は「杵《きね》を持って仙薬を搗《つ》いている」（『神異記』）とされ、「月にはウサギがいる」という日本のイメージへ繫《つな》がります。兎は繁殖力が旺盛なので、豊穣《ほうじょう》の象徴とも言われます。

中秋の名月を観賞する風習は、唐代（八世紀前後）に盛んとなり、遣唐使が日本へ伝えました。

例えば白楽天（↓詩人紹介）に「八月十五日の夜、禁中に独り直《とのい》し月に対して元九を憶《おも》ふ」という詩があります。宮中に宿直した夜に、都から遠地へ左遷された親友の元稹《げんしん》のことを、遙かに思って詠んだ詩です。なかでも次の対句が名句として知られています。

三五夜中《さんごやちゅう》　新月の色、二千里外《にせんりのほか》　故人の心(1)

十五夜に昇ったばかりの明月を仰ぎながら、二千里のかなたへ左遷されている親友の心を思いやる。

『源氏物語』でも須磨に退去した光源氏が「今宵《こよい》は十五夜なりけり」と述べて、白楽天の

「二千里……」の句を吟じています。

中秋の名月はことさら故郷や親しい人への想《おも》いをかき立てるのです。

私も中国に赴任していた時には、中秋節の休日に妻と名月を見上げながら、故郷の親へ思いを馳せたことを思い出します。こういう休日は日本にもあればいいな、と思います。

さて、地球から三十八万五千キロの距離にある月は、太陽と並んで人間にとって最も身近な星です。

天文学によれば、地球誕生からまもなく、火星ほどの天体が、火の玉状態の原始地球に衝突し、飛散した破片が集まって、月が生まれたそうです。

半径は一七三八キロ。地球の約四分の一もある、衛星としてはとても大きな星。時速約三七〇〇キロで地球の周りを回っています。引力の相互作用（潮汐《ちょうせき》力）で、今も年に三センチほど地球から遠ざかっていると言います。常に同じ面を地球に向けているので、これまで月の裏側を見た者はいませんでした。

ならば見てやろう、と立ち上がったのが「宇宙強国」を目指す中国です。現在、有人月面着陸や月面基地建設を視野に、「嫦娥計画」を実施中です。二〇一八年には嫦娥4号を打ち上げ、初めて月の裏側への着陸に成功しました。

対するアメリカも「アルテミス計画」を推進中。二〇二五年に再び有人月面着陸を実行する計画です。アルテミスは、ギリシャ神話に登場する女神で、太陽神ともされたアポローンの双子の姉です。一九六九年に人類初の月面着陸を成功させたアポロ11号に続け、というわけでしょう。

ギリシャ神話対中国神話。夢のある話ですが、科学技術は常に諸刃《もろは》の剣です。いつ軍事転用されるかわかりません。使う側の人間が、悪意か善意かで、毒にもなれば薬にもなる。決闘の果ての核使用。そんなことになったら、人類は「馬鹿丸出し」です。猿にも笑われてしまうでしょう。いや、地球は本当に「猿の惑星」(2)になってしまうかもしれません。

宇宙開発がそんな悲劇に終わらぬよう、共生と和解の大団円を、中秋の名月に祈りたいと思います。

注1、原文は「三五夜中新月色、二千里外故人心」

2、猿の惑星……一九六八年公開のアメリカ映画。宇宙船に乗り込み、人工冬眠によってある星に着陸した宇宙飛行士は、猿の支配するその惑星が、実は核戦争を経た後の、七〇〇年後の地球であったことを知る。

心のエイジング

九月の第三月曜日は敬老の日です。二〇〇二年までは九月十五日と決まっていました。古い祝日と思っていましたが、一九四七年に兵庫県の村が開催した敬老会が始まりだといいます。私も今五十代の後半。老いを語って恥ずかしくない年齢になりました。

「人生のピークは何歳だと思う?」そう授業で尋ねると「二十五歳くらい」と答える学生が多いようです。私も若い頃にはそんな風にイメージしていました。

しかし、体力のピークが人生のピークではありません。「体が若い」と言われれば確かに嬉《うれ》しいですが、「心が未熟」では半人前。体はアンチエイジング、心はエイジング(成熟)を目指したいと思います。

体のアンチエイジングでは、心掛けていることが五つあります。

起床は休日でも五時半!(たまに寝坊)。エプロンを着け、特製のスムージー(中身は二十種類くらい)(1)を作ります。それからテレビ体操。ノラリクラリの妻を尻目に、十分間きちっとこなします。

在宅のデスクワークは、なるべく立ったまま。机の上に小机を乗せ、パソコンや本に向かいます。ドイツの文豪ゲーテは立ち机で小説を書いたと聞いて、私もあやかろうと始めました。業績の方は到底及びませんが、腰痛予防やダイエット、脚力維持の効果があり、眠気防止にもなります。最後は、片道二十分の徒歩通勤です。

一方、心のエイジングは、より複雑な人生の宿題です。個人差も大きい。一目で「この人、素敵に年を取っているな」と感じる人もいれば、逆の印象を受ける方もいます。

それは「物」でも同じでしょう。レトロやアンティーク、骨董やビンテージ物には、新品にはない、経年（エイジング）の魅力があります。人間も同じこと。できれば魅力ある素敵な老人になりたいものです。

例えば、中国の聖人孔子は、(2) 人生のピークを七十歳に置きました。平均寿命から言えば、今では百歳にピークを置いてもよいでしょう。

孔子は言います。

（私は）十五歳で学問に志した。三十歳になって、独立した立場を持ち、四十歳になって、あれこれ迷わず、五十歳になって、自分の天命を理解した。六十歳になって、他人から悪口を言われても、怒らずに聞けるようになった。七十歳になって、思いのまま振る舞っても、正道を踏みはずさなくなった。

吾《われ》十有《ゆう》五にして学に志す。三十にして立ち、四十にして惑はず。五十にして天命を知り、六十にして耳順ふ。七十にして心の欲する所に従って矩《のり》を踰《こ》えず。（『論語』為政篇）(3)

孔子の場合、心のエイジングは「志学→而立《じりつ》→不惑→知命→耳順《じじゅん》→従心《じゅうしん》」の順に成熟したのです。こうした「登山」を経て、孔子は人生のピークに達しました。その人生の登山において孔子が眺めた風景を知るには、『論語』を読むのが一番でしょう。是非、手に取ってみてください。

ドイツの哲学者ショーペンハウアー（一七八八〜一八六〇年）も、老年の良さをさまざまに語っています。

「人生の短さは、長生きしなければ分からない」。老年にこそ「人生の認識が円熟してくる」。人生は「刺繍《ししゅう》した布地」であり、誰しも、人生の前半ではその表側を見、後半では裏側を見る。裏側はあまり美しくないが、教えるところは表側より大きい。裏側が糸の結ばれ具合を認識させてくれるからである。（「人生知のためのアフォリズム」）

なるほど。その通り、と納得できます。

一体「古典」とは何でしょうか。「古い書物?」いえ、違います。「古びない書物」――それが古典です。

二五〇〇年前の『論語』や西洋の優れた哲学書は、今も尽きない知恵の源泉であり続けています。バッハやベートーベンなど、クラシックの名曲が、いまでも愛されていることと、本質は同じです。

それは、「最新」であることをよしとする「科学技術的な知識」とはまったく性質が異なる、別種の英知です。ですから、「古典は古いから価値がない」などと言うのは、ナンセンス。両者の違いを理解できない者が言うセリフです。

体のアンチエイジングについては、科学がその方法を教えてくれるでしょう。一方、心のエイジングには、文系の学問、なかでも人文学に、英知の蓄積があります。

充実した人生を送るためには、どちらも大切、なのです。


注1、ご参考までに材料を。「ヨーグルト、甘酒、らっきょう、納豆、キムチで腸内細菌。小松菜、キャベツ、水菜、大根、みかん、リンゴ、ブロッコリー・スプラウト、紫蘇、バナナ等で食物繊維。えごま油かアマニ油、ごま油、オリーブオイル、はちみつを加え、アーモンド、くるみ、きなこ、

最後にココアと氷を少々」。お味が心配でしょうが、「とても美味しい」と妻には好評です。

2、孔子……中国、春秋時代の学者・思想家。儒教の開祖。名は丘。礼を理想の秩序とし、仁を理想の道徳として、魯《ろ》国に仕えたが容れられず、諸国を歴遊。晩年は弟子の教育と著述に専念した。『論語』二十編は孔子の言行を弟子たちが記録したもの。漢代に集大成された。

3、原文は「子曰、吾十有五而志乎学、三十而立、四十而不惑、五十而知天命、六十而耳順、七十而従心所欲、不踰矩」

奥様のため毎朝スムージーを作る

彼岸に願う

暑さ寒さも彼岸まで。九月二十三日頃から二十四節気の「秋分《しゅうぶん》」。二十三日は「彼岸の中日」、「秋分の日」です。昼と夜の長さが同じになり、少しずつ冬に近づきます。

稲刈りが終わった田んぼの脇には彼岸花。春分・秋分の当日と、その前後三日をあわせた七日間を「彼岸」と呼びます。

彼岸には寺に参詣して墓参り、僧侶に読経や法話を乞うのが習わしです。春なら「ぼた餅」、秋には「おはぎ」を食べます。どちらも同じ物ですが、その頃に咲く牡丹《ぼたん》（春）と萩（秋）にちなんで呼び分けます。

今回はその彼岸――「彼方《かなた》の岸」に、思いを馳《は》せてみましょう。

彼岸は日本独自の行事です。起源は聖徳太子の頃（七世紀）にさかのぼります。太陽に向かって豊作を祈る古来の「日願《ひがん》」信仰が、仏教語の「彼岸」と結びついたものと言います。

仏教語の「彼岸」は、迷いの「此岸《しがん》」（こちら側の岸。この世）に対して、悟りの世界をいいます。此岸と彼岸の間には「生死の海」「迷いの川」が横たわっている。それを越え、西の彼岸に至れば、極楽浄土があるとされます。

春分と秋分の日には、太陽が真西に沈みます。その夕日を観《み》ながら、阿弥陀仏（無量の光と寿命をもつ如来）のいる西方の極楽浄土を想《おも》い、そこに往《い》き生まれること（往生）を願うのです。

芥川龍之介の小説『蜘蛛の糸』では、極楽浄土にはお釈迦様がいるように書かれていますが、本当は阿弥陀様がいらっしゃいます。

その阿弥陀仏のおわす場所について、『観経疏《かんぎょうしょ》』(1)に「弥陀《みだ》の仏国は日の没する処《ところ》に当たり、直西（真西）に十万億刹《せつ》を超過す」とあります。

さて、あの世ならぬ現世では、日本の西には中国があります。中国では九月十八日は、「九一八事変」（柳条湖事件）の記念日です。そう言われても、ピンと来ない日本人が大半でしょう。しかし、この日は、中国人の脳裏に深く刻まれた日なのです。

一九三一年九月十八日、大日本帝国の関東軍が、南満州鉄道（満鉄）の線路を爆破。関東軍は「中国軍による犯行」と発表し、満州（中国東北部）へ軍事侵攻を開始しました。やがて戦局は満州事変、日中戦争へと拡大していったのです。今のロシアのようなことを、この頃の「軍国日本」もしていたわけです。

中国では国が辱められたことを忘れないため、九月十八日は「国恥《こくち》（恥）の日」に指定されています。事件が起きた遼寧省《りょうねい》瀋陽市《しんよう》（当時は中華民国奉天市）には、大規模な「九一八紀念館」が建造されました。今では共産党による愛国主義教育の重点基地の一つになっています。

中国人の心情を想えば、当時の日本軍の蛮行が非難されるのは当然でしょう。私も妻とこの紀念館を訪れたことがありますが、小学生などがいっぱい来て、日本軍の蛮行を語る先生の話に熱心に耳を傾けていました。自分たちが日本人であると知られたらちょっと怖いな、という雰囲気でした。

明治維新後、「富国強兵」のスローガンのもと、軍備増強を続けた日本。一九三二年には、ラストエンペラー溥儀《ふぎ》を執政とし、傀儡《かいらい》国家「満州国」(2)を建国しました。

私の母も幼い頃、家族に連れられ、開拓団の一員として満州に渡りました。敗戦後の引き上げの際には、小学生の母は高熱を発し、ほとんど動けない状態だった時もあったようです。しかし、歯を食いしばって、家族とともに朝鮮半島から船に乗り、帰国したと聞いています。そんな状況ですから、もしかしたら母は「中国残留孤児」の一人になっていたかもしれません。とすれば、私もこの世に存在しなかったことになります。

中国を侵略した「軍国日本」の姿は、ウクライナ侵略を企てたロシアの姿と重なります。

さらに、武力による現状の変更が、「解放」の美名のもと、台湾海峡で繰り返されないことを願うばかりです。

歴史は繰り返す、といわれます。弱肉強食の「力ずくの争い」が人間の偽らぬ正体なのか。「国益が犯された」と称して戦争を繰り返す人間の姿は、縄張り争いをする動物と変わりません。

此岸（この世）はどこまでも「迷いの世界」であり、理想の浄土は、日が沈む「彼方の岸」に願うほかないのでしょうか。

今再び、地上の争いを回避する、人間の英知が問われています。その英知が、「此岸の闇」を照らす光明となって、この危機から救ってくれる、そう信じたいと思います。

注1、観経疏……『観無量寿経疏』のこと。中国七世紀の僧・善導が撰述した『仏説観無量寿経』の注釈書。全四巻。

2、満州国……日本が満州事変（一九三一年）により、中国の東北三省および東部内モンゴル（熱河省）に作り上げた傀儡（あやつり人形）国家。一九三二年、もと清の宣統帝であった溥儀（ふぎ）を皇帝に据え、首都は新京（長春市）に置いた。

北京の秋晴れ

二〇〇八年は北京五輪が開催された年です。「北京歓迎你《ベイジンホワンインニー》」（北京はあなたを歓迎します）の曲が出迎えてくれました。

当時、在外研修で妻と中国にいた私は、ある日、パンダを見に四川省の研究所へ行きました。入り口の看板に「歓迎光臨！」。その下に日本語で「いらっしゃいません」と書いてありました。「これって歓迎されてる？」と苦笑い。ちょっと入るのをためらいましたが、たくさんのパンダを見ることができ、大満足でした。

そのパンダが初めて日本へ来たのは一九七二年十月二十八日。二頭のジャイアントパンダ、オスの康康（カンカン）とメスの蘭蘭（ランラン）が、日中国交正常化が成された「友好の証」として贈られたのです。日本中がパンダブームに湧き、上野動物園には連日、長蛇の列ができました。

一九七二年の日本は、どのような状況だったでしょうか。

「三角大福」（三木・田中・大平・福田）の選挙戦のすえ、七月に田中角栄内閣が発足します。田中首相は八月末にハワイでアメリカの大統領と会談。ニクソン大統領は、同年二月に訪中し、米中共同声明を発表していました。これが世界に衝撃を与え、ニクソンショックと呼ばれました。これに遅れまいと、田中首相は、九月末に、北京へ向かったのです。

九月二十五日、秋晴れの北京空港に到着した一行は、出迎えた周恩来首相と握手を交わし、二十八日まで四回の会談が行われました。北京は、秋十月が一番よい季節。「北京秋天」と言われます。夜の晩餐《ばんさん》会では名酒「茅台酒《マオタイ》」や新潟の「越《こし》の誉《ほまれ》」が振る舞われました。私も試しに取り寄せて飲んでみましたが、美味しいですよ「越の誉」。本場の「貴州茅台酒」は高すぎて、ちょっと手が届きません。残念……。

訪中に際して、田中首相は毛沢東に自作の漢詩を贈っています。

国交途絶幾星霜、修好再開秋将到
隣人眼温吾人迎、北京空時秋気深

（両国の）国交が途絶して幾星霜（何年が経ったでしょうか）。（今また）修好（友好）が再開して秋（よい季節）が将《まさ》に到《いた》ろうとしています。隣人の眼は温かく吾人《ごじん》（われわれ）を迎えてくれ、北京の空は時に秋の気（配）が深まっています。

韻を踏んでいないので正式な「漢詩」ではありません。しかし、意味は通じたはず。細かいことは気にせず、自作の「詩」を恥ずかしげもなく?堂々と贈るあたりはさすがですね。二十六日の会談では、台湾との関係や、田中が前夜の晩餐会で述べた「過去に中国国民に多大な迷惑をお掛けしたことを深く反省します」の「迷惑」の語を巡る厳しいやりとりもありました。

確かに、戦争で日本が与えた被害を「迷惑を掛けた」で済まされたのでは、中国人として腹の虫が治まらないのは当然でしょう。二十七日の会談で田中は尖閣諸島にも触れましたが、周は「今、話し合っても互いの利益になりませんから」と答えたといいます。

二十七日の夜、毛沢東は自宅の書斎に田中首相らを招き、「(周首相との)ケンカは済みましたか」「日本には選挙があってたいへんですね」と歓待。別れ際に『楚辞集注《そじしっちゅう》』全六冊を贈りました。

『楚辞』は毛沢東の故郷、湖南省ゆかりの古典文学です。主人公の屈原(↓詩人紹介)は、国を憂うあまり、汨羅《べきら》の川に身を投げた、中国古代の名高い憂国詩人です。自らの決意を示すとともに、訪中を決断した田中の愛国心を称《たた》える意図もあったのでしょう。田中は、東山魁夷画伯の日本画「春暁」(20号)を贈ったそうです。

九月二十九日、天安門広場の前に建つ人民大会堂で日中共同声明が調印されました。声明には

「(両国の)これまでの不正常な状態は、この共同声明が発出される日に終了する」。日本政府は「台湾が中華人民共和国の領土の不可分の一部である」という「(中国)政府の立場を十分理解し、尊重」する。

とあります。

それから五十年以上の歳月が流れました。「北京の秋晴れ」が、日本人の心も爽やかにする、そんな日が、また訪れてほしいと思います。

楚の屈原(清代の肖像画)

纏足と日本刀

十月一日は中国の国慶節《こっけいせつ》。一九四九年に毛沢東が中華人民共和国の成立を宣言した日です。「中華人民共和国今天成立了！」と、天安門の上で宣言する毛主席の姿を、ニュース映像で見た方も多いことでしょう。

一方、台湾にも国慶節があります。ただし日にちは十月十日。清朝打倒の辛亥《しんがい》革命が始まった、一九一一年の「十月十日」を祝う日です。辛亥革命が成功した結果、孫文(1)が中華民国を樹立しました。それが今の台湾に繫《つな》がるのです。

中国には、中華人民共和国（大陸）と中華民国（台湾）という「二つの中国」があるわけですが、「二つの中国は認めない」、「台湾独立断固阻止！」というのが、中国共産党の立場です。

さて、今回のヒロイン秋瑾《しゅうきん》は、孫文と共に清朝打倒、女性解放のために戦った女性です。浙江《せっこう》省紹興で育った彼女は、五歳で纏足《てんそく》をします。結婚後、日本へ留学。和服の腰に日本刀を差し、女性たちの先陣を切って奮闘しました。まさに「男装の麗人」（美女です）（124頁に肖像写真）。

封建制の呪縛を断ち切り、自由な近代社会へ女性を解放しようとした秋瑾は、「中国のジャンヌダルク」と言ってよい人。「纏足」と「日本刀」は、呪縛を断ち切るために戦った、彼女の活動を象徴するものなのです。

纏足は、女児の足を長さ四メートルほどの布で巻き、指を曲げて「三寸金蓮」と呼ぶ十センチ足らずの小足を作る中国の風習です。その激痛に耐えなければ「嫁に行けない」といわれ、宋代以降、千年近く漢民族の女子を泣かせ続けてきました。

秋瑾は、杜甫など、古典詩が大好きな文学少女でしたが、一方で、纏足でありながら武術を習い、乗馬術も男子並み、という女傑です。二十一歳で父が決めた相手と望まぬ結婚をしました。この頃から政治誌を読み始め、日本との屈辱的な講和（下関条約）(2)や、欧米列強に蹂躙《じゅうりん》される清朝政府の情けない状況を知ります。それが、女性の置かれたみじめな状況とも重なり、国家、民族、女性のあるべき姿とは何か、そういった問題意識に目覚めてゆきます。

やがて自ら纏足を解き、日露戦争の年（一九〇四年）に、三十歳で単身日本へ留学します。その直前に、日本人から贈られた日本刀に感激、以後自分の宝としました。「刀剣女子」の大先輩です。

留学の際に詠んだ詩「懐《おも》ひ有り　日本に游《あそ》ぶ時の作」で、彼女はこう述べています。

太陽や月（皇帝や朝廷）が（希望の）光を発しないので、天地の間は真っ暗闇。深い水に沈んだままの婦女子たちを、私の他に誰が救えようか。だからアクセサリーを質《しち》に入れて大海に浮かび、家族と離れ国境を越えるのだ。纏足を解き放って千古の弊害を洗い清め、わが熱情で女たちの魂を奮い立たせよう。ああ、この絹のハンカチに染みついたのは、半分は血の痕《あと》、半分は涙の痕。

日月に光り無く天地は昏し、沈沈たる女界　誰有りてか援《たす》けん
釵環《さいかん》　典質して　滄海に浮かび、骨肉　分離して　玉門を出づ
放足湔《せん》除す　千古の毒、熱心喚起す　百花の魂
憐れむべし　一幅　鮫綃《こうしょう》の帕《はく》、半ばは是れ血痕　半ばは涙痕(3)

日本で孫文と知り合った秋瑾は、三民主義(4)を説く孫文の革命思想に感動。帰国後は自ら政治誌を発行し、革命実現の武装蜂起へ向けて、熱弁を振るいます。

しかし、一九〇七年に逮捕され投獄。最期は衆人環視のなか、紹興で斬首刑に処されました。その際、拷問で焼けただれた足は鎖に繋がれていましたが、両脇を支えようとする兵士を

自分で歩ける、手出し無用！

と一喝。毅然《きぜん》として死に赴いたといいます。辛亥革命の成功は、その四年後のことでした。このような女傑がいてくれたおかげで、女性の「今」があるわけです。

拙著『中国詩人烈伝』（淡交社）には、やや詳しく紹介しています。よろしければ、ご一読ください。


注1、孫文……中国の革命家・政治家。「中山」と号した。広東省の人。興中会を組織し、やがて中国同盟会を結成。三民主義を提唱して革命運動に尽力し、しばしば日本に亡命した。一九一一年の辛亥革命で臨時大統領に選ばれたが、袁世凱に譲り、一九年、中国国民党を組織。国民革命の実現をめざしたが、北京で没した。一八六六〜一九二五年。55頁に写真。

2、下関条約……日清戦争の講和条約。一八九五年、清国の全権大使李鴻章と日本の全権大使伊藤博文・陸奥宗光が、下関の春帆楼で締結。清国は朝鮮半島の独立を認め、日本に多額の軍費を賠償するとともに、遼東半島・台湾などの割譲を約した。

3、原文は「日月無光天地昏、沈沈女界有誰援。釵環典質浮滄海、骨肉分離出玉門。放足湔除千古毒、熱心喚起百花魂。可憐一幅鮫綃帕、半是血痕半涙痕」

4、三民主義……民族・民権・民生の三主義から成る政治理論。一九〇五年に、孫文が中国同盟会の綱領として提唱した。国内諸民族の平等と帝国主義からの独立（民族主義）、民主制の実現（民権主義）、平均地権・資本節制（民生主義）を三本柱とする。

1900年代の秋瑾

重陽の菊

十月八日頃から二十四節気の「寒露《かんろ》」。秋が深まり、夜露が冷たく感じられる時季です。間もなく旧暦では九月九日、重陽《ちょうよう》の節句を迎えます。

中国の陰陽思想では、何でも陰と陽に分類します。人間も同じです。陰気な人もいれば陽気な人もいる。数字の場合は、奇数が陽、偶数が陰です。

九月九日は、最も大きい陽数（奇数）の「九」が重なるので「重陽」といいます。日本語でもそうですが、中国語では「九九」は「久久」と同じ発音。九月九日は寿命長久を祈るのにふさわしい日なのです。今の中国では、旧暦の九月九日は「敬老の日」のような扱いになっています。この頃には、ちょうど菊の花も開き始めます。

古来、中国では重陽節には皆で高所へ登り、菊酒を飲んで災厄を避ける風習がありました。その伝統は今も生きています。由来は古代、後漢《ごかん》時代の話に遡ります。

道士（道教の僧侶）の費長房は、ある日弟子の桓景に言った。「九月九日にお前の家で災厄が起こる。大急ぎで帰宅するがよい。そして呉茱萸《ごしゅゆ》（かわはじかみ。漢方の生薬）を赤い袋に入れて腕に繫《つな》ぎ、高い山に登って菊酒を飲めば、禍《わざわい》を免れることができるだろう」と。

忠告された桓景は、その日、言われたようにし、家中の者すべてが高い山に登った。帰宅してみると、家畜はみな死んでいた。人間の身代わりになったのである。

（『蒙求《もうぎゅう》』桓景登高）

日本で重陽の行事が広まったのは、奈良時代末から平安初期のことです。奈良時代の『万葉集』には、まだ菊を詠んだ歌はなく、平安初期の『古今和歌集』（九〇五年）には、菊の歌が多く詠まれています。[1]なかでも凡河内躬恒《おおしこうちのみつね》が詠んだ、

心あてに折らばや折らむ初霜の置きまどはせる白菊の花

は、よく知られています。

平安時代に宮中で「重陽（菊花）の宴」が開かれるようになると、その前夜には、菊花に

真綿を被せ、翌朝、その菊の香りと露が染みた綿で、体を拭う風習が広がりました。これが、厄除けや不老長生を願う「着綿《きせわた》」の行事です。

茶道では今でも、花飾りや和菓子として、着綿（被綿）を楽しんでいます。こうした風雅な行事は、長く引き継がれてほしいものです。

ところで、菊の香りの露が、不老長生にキクのはなぜでしょうか？

疑問の答えは、能の演目にもなっている中国古代の「菊慈童（枕慈童）」の話にあります。

古代、周の穆《ぼく》王に愛された美少年の慈童（侍童）は、王の枕を跨《また》いだ罪で、菊の咲き乱れる山奥に流されてしまいます。その際、さすがに哀れんだ王は、仏典の言葉を教え、慈童はその言葉を忘れないように、菊の葉に書き付けました。その葉から、露が谷川に滴り落ちると、その水を飲んだ人は、みな不老不死になったのです。

慈童が書き付けた仏典の言葉は、

慈眼視衆生、福聚海無量

書き下せば、

慈眼もて衆生《しゅじょう》を視《み》れば、福の聚《あつ》まること海のごとく無量ならん

「観音様はいつも優しい眼でわれわれを見ていてくださる。あなたもそのような御心で生きれば、海のような無量の福が集まるでしょう。」

私もこれをお札《ふだ》に書き、妻の枕元に貼っておきましょう。

閑話休題。鎌倉時代、後鳥羽上皇（一一八〇～一二三九年）が格別に菊を好んだことから、「菊の御紋」は皇室のシンボルになりました。

江戸時代には庶民にも愛好が広がり、品種改良も一気に進みます。重陽も正式に「五節句」(2)の一つとされ、花を競う「菊合わせ（品評会）」も盛んに行われたようです。昔はこんな風に、自然のリズムに寄り添いながら、季節の行事を楽しんでいたのですね。

ところが、一八七二（明治五）年、改暦により旧暦は廃止になります。採用された「新暦」の九月九日は、菊の開花期よりも一ヶ月ほど早くなってしまいました。こうして菊と縁が薄れた重陽は、やがて忘れられてしまったのです。

しかし、菊を愛する伝統は、かろうじて今に繋がっています。十月半ばから、愛好家による「菊花展」が、全国各地で開かれているからです。こうした伝統行事を大切に思う心を、私たちは失いつつあるのかもしれません。

現代では、日常生活のスピードが、日増しに速くなっています。機械化やデジタル化が進み、何でも「はやく、はやく」とせかされるのが常です。

しかし、こうした「機械の時間」に支配されず、たまには時計をはずして、自然のリズムに寄り添う、ゆったりとした「人間の時間」を取り戻したいものです。そうした「ゆっくり、じっくり」対象と向き合う時間の中でこそ、人間や文化の成熟は、達成されるはずのものですから。

四世紀の詩人陶淵明（↓詩人紹介）は、「飲酒」（其の五）の詩で、こう詠っています。

菊を採る東籬《とうり》の下《もと》、悠然として南山を見る(3)

我々も、菊を観賞した後には、花びらを盃《さかずき》に浮かべ、悠然と、ゆったりとした気持ちになって、人生を省《かえり》み、健康長寿を祈ってはいかがでしょうか。

注1、菊の歌……特に巻五・秋歌下に、菊を主題とした歌が多い。
2、五節句……毎年五度の節句。正月七日（人日《じんじつ》）、三月三日（上巳《じょうし》）、五月五日（端午）、七月七日（七夕）、九月九日（重陽）の総称。
3、原文は「採菊東籬下、悠然見南山」

風景と生きる

秋は美に溢《あふ》れた季節です。木々も美しく色づき、食べ物も美味《おい》しい。

「美」という漢字は「羊」に「大」と書きます。つまり「大きくて立派な羊」のこと。そこから「うまい」「うつくしい」の意味になりました。

秋は美味に溢れ食欲増進の季節です。毎日食べ過ぎて、体重計に乗るのがちょっとコワイ。大きな羊になったらどうしよう。

一方、秋には「もの悲しいロマンチックな季節」というイメージもあります。「四季の歌」[1]に「♪秋を愛する人は心ふかき人。愛をかたるハイネのようなぼくの恋人」と。ハイネは十九世紀ドイツの詩人。秋は、詩や芸術美とも縁の深い季節です。

『新古今和歌集』に秋の夕暮れを詠んだ「三夕《さんせき》の歌」があります。そのうちの一首は西行法師の歌です。

こころなき身にも哀《あはれ》はしられけり　しぎたつ沢の秋の夕暮れ

感じやすい心を持たない（出家した）わが身だが、渡り鳥のしぎが沢辺から飛び立つ風景を見て、あはれがどういう感情なのか、よく分かった。

と詠っています。

西行がいうように、風景はさまざまな事を教えてくれます。和歌に限らず、「風景との対話」から生まれる芸術はとても多いのです。

例えば、山水画。その世界は「実景」ではありません。画家が風景と対話しながら描く「理想郷」なのです。そうした理想や真実、つまり「世界や人間の本質」を表現すること。それが芸術の本道でしょう。

中国四世紀の詩人陶淵明（↓詩人紹介）は、里山が大好きでした。「飲酒」（其の五）の詩に、こう詠っています。

粗末な家を建て人里に暮らしているが、車馬のやかましい来訪はない。東の垣根で菊の花を摘んでいると、遙《はる》か南にゆったりと廬山《ろざん》の姿。靄《もや》を帯びた山並みは夕映えに美しく、鳥たちは連れ立ってねぐらへ帰ってゆく。

まるで一幅の絵のような風景です。

淵明はいいます。「ここにこそ真実の生き方が示されている。だが、それを説明しようと思ったとたん、もう言葉を忘れていた」と。

此《こ》の中に真意有り、弁ぜんと欲して已《すで》に言《げん》を忘る[2]

夕暮れに連れだって山へ帰る鳥たち。その風景に、淵明は「真実の生き方」の象徴を見たのです。淵明はここで、言葉の次元を超えて、風景と対話しています。「夕暮れ」すなわち「人生の晩年」には、家族と共に故郷へ帰るのが真実の生き方である、というのでしょうか。

夏目漱石も『草枕』で

超然と……利害得失の汗を流し去った心持ちになれる

と、この詩を称賛しています。漢詩の素晴らしさの一つです。

里山のみならず「街の風景」も、そこに暮らす人々の価値観や生活、時代を象徴するものでしょう。

明治以後「富国強兵」「利害得失」に目がゆくあまり、美しい日本の風景は、長らく損なわれてきました。戦争による破壊もありました。戦時下の、破壊され尽くした廃墟の姿は、人間の醜悪さの象徴に他なりません。

今ようやく、町並み保存や景観法の整備など、立ち止まって「風景の価値」を考える機運が生まれているようです。

できれば日々を美しい風景の中で、芸術美に囲まれて生きたいものです。

そうやって皆が少しずつ「利害得失の汗」を流し去れば、街の風景も美しさを増すことでしょう。

浮世絵に垣間見えるように、江戸時代までの日本の風景は、おそらく今よりずっと美しかったはずです。「今ではもう、空の雲にしか本当の自然は残っていない」と嘆いた画家の言葉が思い出されます。

「風景の美しさ」を文明の基準に据えれば、現代はずいぶん、レベルの低い時代になってしまいました。風景の美しさを「かけがえのない財産」として守る価値観を育むこと。それは、地球環境の保全にも直結する、重要な課題ではないでしょうか。

どのような風景のなかで生きるか。それはたぶん、人生の質と、深く関わる問題なのです。美しい人生を願うのであれば、日々を過ごす風景を美しいものにすること。それが第一歩なのかもしれません。

注1、四季の歌……作詞家の荒木とよひさが一九六三〜一九六四年に掛けて作詞。一九七〇年代半ばに大ヒットした。
2、原文は「此中有真意、欲弁已忘言」

陶淵明「飲酒」詩の風景
明・董其昌「採菊望山図」

行楽と悲秋

十月二十四日頃から二十四節気の「霜降《そうこう》」です。冷え込みが増し、朝夕の冷気で霜が降る時季。最低気温が八度を下回ると紅葉が始まるといいます。

毎年九月十日頃に北海道の大雪山系から始まる紅葉前線。それが徐々に南下して、そろそろ関東以西にも及ぶ頃です。行楽シーズンを迎え、さて、どこへ遊びに行きましょうか。

行楽といえば、「人生の行楽は勉強にあり」というのが、私のちょっとした座右の銘です。「勉強」は「スタディ」ではなく「無理をする」。「人生の楽しみは、少し無理をしてでもやりなさい」という意味です。

北宋の文人欧陽脩《おうようしゅう》（↓詩人紹介）は、その詩「豊楽亭小飲」で次のように詠っています。

人生の行楽は勉強に在り、酒有らば瑠璃《るり》（ガラス）の鍾《さかずき》に負《そむ》く莫《な》かれ(1)

ところが、このポリシーにしたがい、出無精の妻を無理やり引きずって「行楽」へ出てみると、「実際に楽しむのは妻、苦労は私」というパターンが多いのはなぜでしょうか。

奥山に紅葉《もみじ》ふみわけ鳴く鹿の声きく時ぞ秋は悲しき

この歌は『百人一首』では猿丸太夫、『古今和歌集』では読み人しらず。

山奥で、落ち葉を踏み分け歩いていると、どこからか鹿の声が聞こえてくる。そんな時こそ、秋の悲しみが身に迫って感じられる。

というのです。

九月から十一月は鹿の繁殖期です。ふだん鳴かない雄鹿も、この時期には雌を求めてしきりに鳴く……。そういえば、私も昔、鳴いたっけ?

一方、三千年ほど前、中国最古の詩集である『詩経』(小雅)にも「鹿鳴《ろくめい》」の詩があります。

呦呦《ゆうゆう》として鹿鳴き……我に嘉賓《かひん》(お客さま)有り(2)

明治十六(一八八三)年に外国の賓客を接待する迎賓館として建設された「鹿鳴館」は、この詩から命名されました。

友情を重んずる漢詩の鹿は、友を求めて鳴き、恋を重んずる和歌の鹿は、異性を求めて鳴く。文化の違いを象徴する一例です。

ところで、秋には「もの悲しい季節」というイメージがありますね。しかし「悲しい秋」という感覚は、自然に生まれたものではなく、漢詩に由来することをご存じでしょうか。

本来、生物にとって、収穫の秋は「嬉《うれ》しい季節」のはずです。『詩経』には「秋は悲しい」と詠う詩は一首もありません。農民の歌が多いですから、収穫期に「秋は悲しい」だなんて、センチメンタルになっていたら仕事になりません。『万葉集』にも秋を悲しむという感性はまだなかったようです。

しかし、古代中国の詩人宋玉（↓詩人紹介）は、「九弁《きゅうべん》」という詩（『楚辞』）でこう詠《うた》いました。

悲しいかな、秋の気たるや。……蕭瑟《しょうしつ》として草木揺落して変衰す(3)

「悲しいなあ、秋という季節は。……寒々とした風に草木は揺れて、葉を落とし衰えてゆく。」

宋玉がこのように表現して以降、秋は「悲しい季節」になりました。彼は屈原の弟子にあたる知識人ですから、秋を悲しむ余裕があったのです。こうして、「悲秋」のイメージが知的な教養として定着してゆきました。

その中国に遣唐使を派遣し、大量の書物を輸入した日本。平安朝初期には、貴族が競って漢詩を作るようになりました。

中国の漢詩から「そうか、秋は悲しい季節なんだ」と学んだ貴族たち。やがて和歌でもそう詠むようになりました。つまり、「悲しい秋」という感覚は、舶来の「おしゃれな貴族趣味」といえるわけです。

今でも「芸術の秋、読書の秋」というように、秋は文学と相性が良い季節です。十二世紀の詩人辛棄疾《しんきしつ》（↓詩人紹介）は「醜奴児《しゅうどじ》」という詞で次のように詠っています。

若い頃は愁《うれ》いの滋味を理解できず、新しい歌詞に無理やり愁いを詠み気取っていた。老いた今は、愁いの滋味を嘗《な》めつくし、それを詠もうとしては止め、却《かえ》って言う「涼しくて素晴らしい秋だなあ」と

最後のセリフは、

天涼しくして好個《こうこ》の秋なり(4)

人生の悲愁を体験しつくすと、却って「涼秋の素晴らしさ」を詠いたくなるのかもしれません。ロシアのチェーホフ（一八六〇〜一九〇四年）だったでしょうか。「本当に悲しい人は人前で涙を見せない。そっと口笛を吹いているだろう」と。

私が暮らしている愛媛にも、石鎚山や白滝公園、滑床《なめとこ》、面河《おもご》、小田深山の渓谷など、紅葉の名所がたくさんあります。皆さんのお近くにも、きっとあるはず。いざ行楽に出かけ、「涼秋の素晴らしさ」を詠いましょう。

注1、原文は「人生行楽在勉強、有酒莫負瑠璃鍾」
2、原文は「呦呦鹿鳴……我有嘉賓」
3、原文は「悲哉、秋之為気也……蕭瑟兮草木揺落而変衰」
4、原文は「天涼好個秋」

茶人の正月

冬を迎える十一月は「茶人の正月」ともいわれます。茶道を嗜《たしな》むようになって初めて知ったのですが、十一月は茶壺の「口切り」と「炉開き」をする、厳かでめでたい時季なのです。「炉」というのは、畳の隅を四角に切った小さな囲炉裏《いろり》のこと。茶を点《た》てるのに、炉を使い始める日を「炉開き」と言います。（143頁に写真）

炉開きをした後は、それまで風炉《ふろ》（湯をわかす台）に載せていた湯釜を、炉の中に置きます。十一月から四月までは、炉の中に釜を置き、五月から十月までは、風炉の上に釜を置きます。つまり、一年を炉の時季と風炉の時季に分けて、季節感を演出するのです。

風炉の茶より炉を重んじる茶道では、炉開きは新しい一年の始まり。着物も単衣《ひとえ》から、裏地付きの袷《あわせ》に替え、気分を一新します。

私も茶を習う身ですが、妻からよく「あなたはお茶をする人なのになぜ？」と詰問されます。なぜ？の後は「洗濯物をちゃんと四角にたたためないのか」とか「履物をそろえて置けないのか」など、痛いところを突かれます。まだまだ修行の足りない「似非《えせ》茶人」なのです。

さて、「炉開き」と同時に行うのが、「口切り」の茶事です。

江戸時代、初夏に新茶が採れると、茶師はその新茶を「葉茶壺《つぼ》」に詰めました。まず薄茶用の茶葉を入れ、その上に、和紙の袋に入れた濃茶用の極上茶を置きます。そして茶壺の口を和紙で封印し、茶人に届けたのです。徳川将軍家が宇治から新茶を取り寄せる「お茶壺道中」は、旧暦五月の恒例行事でした。

冬（旧暦十月）になると、茶壺の封印を切って熟成した茶葉を取り出し、極上茶を石臼で挽《ひ》いて、香りとともに濃茶で頂きます。これが、口切りの茶事です。

茶道（侘《わ》び茶）を大成した千利休（81頁注1参照）は、戦国時代の末期を生きた茶聖です。その利休に、ある人が「茶の湯の極意」を尋ねると、こう答えたといいます。

夏はいかにも涼しきやうに、冬はいかにもあたたかなるやうに、炭は湯のわくやうに、茶は服（飲み心地）のよきやうに、これにて秘事はすみ候《そうろう》

問うた人は気分を害し「そんなことは、誰も合点承知のことです」。

利休は

そうでしたら、その通りにやってご覧なさい。宗易《そうえき》（利休）が客となり、（できていたら）あなたのお弟子になりましょう。

同座していた高僧が

宗易さんがおっしゃることは至極ごもっとも。あの鳥窠《ちょうか》禅師が「諸悪莫作《しょあくまくさ》、衆善奉行《しゅぜんぶぎょう》」とお答えになったのと同じですな。

と（『南方録』）。

鳥窠禅師は、中国唐代の禅僧・道林のことです。樹の上に住んでいたので、「鳥の窠《す》禅師」と呼ばれました。詩人の白楽天（↓詩人紹介）が杭州の長官であった時、禅師に仏法の根本を質問すると、禅師はこう答えました。

諸悪を作《な》す莫《な》かれ、衆《おお》く善を奉行《おこな》へ

「そんなことは三歳の子供でも知っています」と白楽天。禅師は「三歳の子供でも口にするが、八十の老人でも実行できんじゃろ」と喝破したそうです。

知識として知っていても、それを実践するのは難しい。同じ事を利休は歌（「百首道歌」）

でこう詠っています。

茶の湯とはただ湯をわかし茶をたてて　のむばかりなる事と知るべし

頭でっかちな私への、頂門の一針（急所をついた教訓）です。

十一月から「茶人の正月」。実践できるよう、稽古に励み、心技体を磨きたいと思います。

炉

仲麻呂も見た月

十一月七日頃から二十四節気の「立冬《りっとう》」です。冬を迎え、そろそろお鍋が恋しい季節。スーパーには色々な鍋つゆが並び始めます。今宵《こよい》は鍋料理を食べながら、月を見上げ、古代史のロマンに思いを馳《は》せましょう。

遣唐使阿倍仲麻呂は、唐の月を見て詠《うた》いました。

天の原ふりさけ見れば春日なる三笠の山に出でし月かも

『百人一首』にも採られている有名な歌です。

「大空をはるかに見上げると美しい月。思えば昔、奈良の都を旅立つ時、春日の三笠山に上った月も、今宵と同じ明月だったなあ。」

七五三年、足かけ三十六年間もいた唐を離れ、いよいよ帰国という時に詠んだ歌です。『古今和歌集』の注に明州（寧波《ニンポー》）の海岸で唐の人たちが送別会を開いてくれた。月が奇麗に上ったので、眺めて詠んだ。

とあります。

仲麻呂が乗った遣唐使の第一船が、鑑真和上らが乗った第二船とともに、長江沿岸の蘇州を出発したのは、旧暦の十一月十五日でした。歌はこの時、蘇州で詠んだともいわれています。

そういえば、私たち夫婦も杭州市（浙江省）に滞在していた頃、夕食の帰り道に月を見上げ、ふるさと静岡にいる親は今ごろどうしているだろうかと、よく話したことを思い出します。

七〇一（一説に六九九）年、奈良の中級官人の子に生まれた仲麻呂は、十七歳で唐に渡りました。玄宗皇帝の治世にあたり、唐の最盛期です。

十八歳で国子監《こくしかん》（長安にあった当時唯一の大学）に入学。学力に磨きをかけました。遣唐使が「国号を倭から日本に変更する」と唐に伝えたのは七〇二年のこと。つまり、仲麻呂は唐における最も早い時期の「日本人」代表になったのです。晩年には安南《ベトナム》長官（正三品《しょうさんぴん》）まで出世し、七十歳で長安にて没しました。

青年仲麻呂は「中国の風《ふう》を慕ひ」（『旧唐書《くとうじょ》』東夷伝）、名も唐風に「朝衡」と改めました。友人の儲光義《ちょこうぎ》が贈った詩（「洛中にて朝校書衡に貽《おく》る」）に「朝衡君は限りなく美しい」（朝生美度《ちょうせいど》無し）とありますから、かなりイケメンだったようです。俳優の阿部寛さんが演じたこともありました。(1)

仲麻呂が科挙（官吏登用試験）に合格したかどうか疑問視されていますが、おそらく有力者の推薦で官僚となり、皇帝側近の官職を歴任します。

日本から遣唐使一行が到着すると、彼らを玉座が置かれた宮殿の奥深くまで案内することもあったようです。仲麻呂がいてくれて遣唐使たちも心強かったことでしょう。唐を代表する詩人である王維や李白（↓詩人紹介）とほぼ同年であり、親しく交遊したようです。五十三歳で唐を離れる際、「天の原」の和歌とは別に、漢詩を詠みました。その詩のなかで、

天中（唐）明主（玄宗）を恋ひ、海外（日本）慈親を憶《おも》ふ(2)

と詠っています。仲麻呂は長らく仕えた唐に後ろ髪を引かれながらも、生きて親と再会したかったのです。

しかし運命は味方せず、暴風でベトナムあたりまで漂流。なんとか九死に一生を得ました

が、同船者一七〇余名のうち、生きて長安に戻った者は、十数名だったといいます。「仲麻呂が南海で死んだ」、そう聞いた李白は「晁《ちょう》（朝）卿《けい》衡を哭す」の詩を詠み、

日本の晁（朝）卿帝都を辞し……明月帰らず碧海に沈む(3)

と悲しんでいます。「明月」は、仲麻呂の「高潔な人柄、輝かしい経歴」を象徴するものでしょう。

唐において仲麻呂はなぜ「朝衡」と名乗ったか。定説はありません。想像するに、「朝」は日の出、「衡」は渡し木を意味します。「日出づる国日本から唐へ渡り、両国の架け橋に」という、仲麻呂の意志を読めないでしょうか。実際に彼は、遣唐使一行を助け、新生日本に貢献しました。

一三〇〇年後の今宵。きっと、海外にいる多くの「仲麻呂」たちが、月を見上げ、日本を想っていることでしょう。

注1、二〇一七年制作の日中合作映画『空海－KU－KAI－美しき王妃の謎』
2、原文は「天中恋明主、海外憶慈親」
3、原文は「日本晁卿辞帝都……明月不帰沈碧海」

波濤をこえて（上）

毎年開催される奈良国立博物館の正倉院展。楽しみにしている方も多いでしょう。博物館の片隅に「鷗外の門」と呼ばれる、木造の小さな門が立っているのをご存じでしょうか。かつて森鷗外は正倉院の管理にも関わりました。その記憶を留めるため、当時鷗外が住んでいた官舎の門を遺したのです。

その頃、鷗外は次の歌を詠んでいます。

み倉守るわが目の前をまじり行く心ある人心なき人

当時拝観を許されたのは、高級官僚など一握りの人だけでした。宝物に敬意を示さない「心なき人」もいたのです。鷗外は研究者も拝観できるよう制度を改め、学術の進展に繋《つな》がったといいます。

さて、お宝いっぱいの正倉院ですが、遣唐使がもたらした最大の宝とは何でしょうか。

それは唐招提寺の開祖、鑑真和上《わじょう》その人かもしれません。五度の挫折にも負けず、波濤《はとう》をこえて、仏の心を伝えてくれた恩人です。敬意を示さずにはおられません。六度目の渡海のため、和上が蘇州を出帆したのは、旧暦十一月十五日でした。今回は鑑真の労苦を偲《しの》びたいと思います。

六八八年、長江下流の揚州に生まれた鑑真は、十四歳の時、父と参詣した寺院の仏像を見て感激、「僧になりたい！」と熱願しました。

不思議ですね、同じ仏像を見た人は何万といるはずなのに……。

以前テレビのインタビューで、やり投げの有名選手が「競技を始めたきっかけ」をきかれ、「テレビ中継でやり投げを見て、私もやりたい！と思いました」と答えていました。きっと、常人では感じ得ない霊感、インスピレーションというものがあるのでしょう。

鑑真は出家後、洛陽や長安で修行し、二十六歳の時には戒律の講義を始めました。貧民や病人の救済にも努力し、やがて戒律を授けた僧侶はのべ四万人に。そこから多くの名僧も出ています。

当時、日本では税金や労役を逃れるために各地の寺院に身を投じて頭髪を剃り、勝手に僧侶や尼僧となる庶民が多くいました。出家制度の厳格化が急務です。

戒律の数は、男は二五〇戒、女は三四八戒。この戒律を厳守することが、本来、正式な僧尼の条件なのです。

私も妻から数多《あまた》の戒めを課されますが、ほとんど守れたことがありません。一般の在家信者のなかには、ポンコツな私と同じような人も多いはず。そこで「在家信者は五戒(1)さえ守ればよし」とされています。

とはいえ、そこには不殺生戒（生き物を殺してはいけない）が含まれます。釈迦《しゃか》(2)はいつも下を見て歩いたそうです。スマホを見ていたのではありません。蟻《あり》を踏まぬよう、気をつけていたのです。ゴキブリや蚊、ムカデなどを許せない私には、不殺生戒一つ守ることも難しいです。

それはさておき、出家を願う者に戒律を授けるのが「授戒」の儀式です。この儀式には十人の高僧が必要とされていましたが、当時の日本には欠けていました。

高僧を迎えたい。これが留学《るがく》僧栄叡《ようえい》と普照《ふしょう》の使命でした。

七三二（天平四）年に渡唐し、勉学を始めた二人。日本に来てくれる高僧と出会えぬまま十年が過ぎ去りました。帰国することに決め、七四二年冬、揚州に鑑真を訪ねます。和上は時に五十五歳。「大師」と仰がれ、都の長安でも名僧として知られていました。

『唐大和上東征伝』によれば、二人は鑑真にこう述べたそうです。

仏教は日本へ伝わりましたが、教師がおりません。「願はくは和上、東遊し、日本の仏教を興したまへ。」

鑑真はこう答えます。

日本国の長屋王は、(3)唐僧へ贈った千の袈裟《けさ》に、次の詩句を刺繍《ししゅう》したと聞きます。

山川《さんせん》は域を異《こと》にすれども、風月は天を同じくす

諸仏子に寄せて、共に来縁を結ばん(4)

「両国は離れていますが、風月（仏法への敬愛）は共有しています。（この袈裟を）仏弟子の皆さんに寄贈して、将来の仏縁を結びたいと思います」と。

そう述べた後、鑑真は居並ぶ弟子に問います。

日本は仏教が興隆するはずの国だ。誰か行って仏法を伝える者はいないか。

ところが、誰も答える者はなく、やがて高弟の祥彦《しょうげん》が言いました。

日本との間には滄海が横たわり、百人に一人も行き着けないと聞きます。

それを聞いた鑑真は

これは仏教のためである。なぜ命を惜しむのか。誰も行かぬのなら、私が行こう。是れ法事の為なり、何ぞ身命《しんみょう》を惜しまん。諸人去《ゆ》かずんば、我即《すなわ》ち去《ゆ》かんのみ(5)

この言葉を発した瞬間、波濤をこえて日本へ渡る、鑑真の苦難の旅が始まったのです。

注1、五戒……不殺生戒、不偸盗戒、不邪淫戒、不妄語戒、不飲酒《おんじゅ》戒の五つ。

2、釈迦……釈迦牟尼《むに》のこと。仏教の開祖。名はシッダールタ。インドのヒマラヤ山麓に、シャカ族の皇子として生まれたが、生老病死の四苦を脱するため、二十九歳で宮殿（カピラ城）を離れて苦行。三十五歳の時、ブッダガヤーの菩提樹の下で悟りを得た。以後、各地で法を説き、八十歳で入滅した。生没年代は諸説あり、前五六六～四八六年、前四六三～三八三年など。

3、長屋王……天武天皇の孫。七二四年に正二位左大臣に進み、藤原氏に対抗したが、藤原氏の陰謀により自害させられた（長屋王の変）。六八四～七二九年。

4、原文は「山川異域、風月同天。寄諸仏子、共結来縁」

5、原文は「是為法事也、何惜身命。諸人不去、我即去耳」

波濤をこえて（下）

十一月二十二日頃から二十四節気の「小雪《しょうせつ》」。寒さが増し、北国や山間地では雨が雪に変わり始める時季です。二十二日は、いい夫婦の日。人生行路には、さまざまな風雪や波濤《はとう》、困難が待ち受けます。わが家も何とか乗りこえ、ここまでは漕《こ》ぎ着けたか？

七四二年、渡日を要請された鑑真はこう言いました。「誰も行かぬのなら、私が行こう」。それを聞いた高弟の祥彦《しょうげん》は「和上《わじょう》が行くなら私も行きます」。結局、二十一名の弟子が渡日を願い出ました。

しかし、当時は海外渡航厳禁の時代。第一回の渡日は、密告により、あえなく失敗します。第二回は、鑑真が身銭を切った軍用船に、仏像、経典類、仏具、薬品、香料などを用意。味噌《みそ》（又は納豆）、ヨーグルト、砂糖、焼餅《シャオピン》ほか、正倉院にあるような工芸品も多く積み込みました。同行者には画家や彫刻家、刺繍《ししゅう》工や玉作《たまつくり》工、石碑工もいます。総勢一八五名。七四三年十二月に出帆しました。

この時季は冬の季節風《モンスーン》が吹く頃。時に風速二十メートル以上になります。渡日にはこの風を利用しました。しかし、危険と背中合わせです。実際、明州《めい》（寧波市《ニンポー》）で破船してしまい、渡日は実現しませんでした。

第三回を準備しましたが、密告により挫折します。

第四回は、福州（福建省）からの渡海を計画。ところが、和上を案じ危険な渡海を止めたい弟子が密告に及び、鑑真一行は道中で逮捕されてしまいます。揚州に戻った鑑真は甚だ機嫌が悪く、密告した弟子は、毎晩、朝四時まで立ったままで謝罪し、六十日目にやっと許されたといいます。

七四八年、第五回を決意。揚州を発《た》ち、十月、大海に漕ぎ出しました。強風で海は荒れ、まるで山頂から谷底へ落ちるよう。水手《かこ》たちは少しでも船を軽くしようと、積み荷の宝を海に捨てようとしました。ところが、空中から「抛《なげう》つなかれ（捨てるな）」の声が聞こえ断念。水も無くなり、

米を嚼《か》めば喉《のんど》乾きて咽《の》めども入らず吐けども出でず、鹹《かん》（塩）水を飲めば腹すなわち脹《ふく》る。一生の辛苦、何ぞこれより劇《はげ》しからんや。

と（『唐大和上東征伝』）。十四日後に、中国の南の涯、海南島へ漂着しました。

寺がある揚州への帰路、鑑真に渡日を願った日本僧の栄叡《ようえい》が病没します。鑑真も眼病が悪化し、おそらく胡人《アラビア》と思われる眼科医から治療を受けましたが、失明してしまいます。さらに高弟の祥彦も死に

和上乃《すなわ》ち彦、彦と喚《よ》びて悲慟《ひどう》すること数なし（数知れず）

と『東征伝』にあります。

七五三年に遣唐使が長安へ到着し、その帰路、揚州に鑑真を訪ねました。懇請を受け、鑑真らは、大使の第一船に乗り込みます。

ところが、途中、密航の露見を恐れた大使は、なんと一行を下船させてしまいます。この変節に立腹した副使は、独断で一行を自分の船に乗せました。これが幸いし、鑑真一行はついに日本へ到着できたのです。大使や阿部仲麻呂が乗った第一船は漂流し、二人は終《つい》に唐で没しました。

平城京に着いた鑑真は、東大寺で聖武上皇や、娘の孝謙天皇らに授戒。戒律や天台の教えを広め、唐招提寺の開祖となりました。七十六歳で示寂《じじゃく》（逝去）。その直前に弟子が生き写しの像を造りました。西方《さいほう》を向き結跏趺坐《けっかふざ》(1)した「鑑真和上坐像」は、現在国宝となっています。像からうかがえる、鑑真の逞《たくま》しい体は、波濤をこえて渡日した労苦を偲《しの》ばせます。しか

し、この労苦こそ「鑑真を鑑真たらしめた賜物《たまもの》」でした。後に最澄・空海も和上の弟子から受戒しています。

こう見てくると、鑑真和上が「日本の至宝、恩人」であることは、疑う余地がありません。鑑真の決意と勇気、実行力は、今を生きる我々にも、エールを送ってくれているようです。

注1、結跏趺坐……「跏」は足の裏、「趺」は足の甲。足の表裏を結んで坐す、という意味。如来や座禅修行の際の坐り方。

「鑑真和上坐像」奈良時代（八世紀）

錦秋から枯淡へ

もうすぐ十二月です。四国の平野部では、まだ晩秋の風情ですが、紅葉がとても美しい季節。四季を楽しめるのは、世界でも限られた地域です。もし日本に四季がなかったら、日本の文化は、今とは大きく違ったことでしょう。

日本の伝統文化と紅葉を楽しめる名所といえば、やはり京都ですね。今回は、紅葉狩りに京都へ出かけましょう。

小倉山あらしの風の寒ければ紅葉の錦着ぬ人ぞなき

「三船の才」で有名な藤原公任《きんとう》(1)の歌（大鏡）です。平安朝の最盛期（十一世紀）、藤原道長は京都の大堰川《おおい》（桂川）で船遊びをしました。作文《さくもん》（漢詩）・管弦・和歌、それぞれ名人が乗る三船を用意して客を待ちます。どれも一流の公任は、和歌の船を選んで乗り込み、この歌を詠《よ》みました。今年もいまごろ、嵐山は錦秋に彩られていることでしょう。

紅葉を詠んだ歌は『万葉集』にも百首ほどあります。しかし、表記の大半は「黄葉」。万葉仮名で「紅葉」と書いてあるのは一例のみ（二二〇一番）です。

では「紅葉」の表記が一般化するのは、いつ頃でしょうか。

それは九世紀後半。漢詩の影響によるものです。この頃、遣唐使が唐の最新の文学（現代文学）として、流行していた『白氏文集《はくしぶんしゅう》』（白居易の詩文集）を将来《しょうらい》しました。それがやがて貴族の一般教養となり、表記の変化に繋《つな》がります。

八世紀、李白や杜甫の詩には「黄葉」が計七例。「紅葉」はありません。白居易の詩では「黄葉」が六例、「紅葉」が十四例です。この変化が平安朝文学に波及し、日本人は「紅葉」を愛《め》でるようになったのです。

藤原定家は歌論書『詠歌大概《えいがたいがい》』で、歌境の体得には、深く和歌の心に通じた『白氏文集』を熟読するように、と勧めました。「紅葉」の例でもわかるように、和歌と漢詩の美は重なり合い、融合しているのです。

さて、これからの季節、北風が木の葉を払い、北国では雪が積もり始めます。「枯れ寂びた」枯淡の冬が訪れます。

見わたせば花も紅葉もなかりけり浦の苫屋《とまや》の秋の夕暮

見渡すと美しい花も紅葉もない。海人《あま》の住む入り江、苫ぶき小屋の秋の夕暮れよ。

『新古今和歌集』の定家の和歌です。色のない枯淡の風景は、水墨画や枯れ山水の庭のようです。しかし、「花も紅葉もない」といいながら、言葉の力で「花と紅葉」の色彩が喚起され、イメージとして重なり合います。

この歌に、戦国時代の茶人武野紹鷗《じょうおう》（一五〇二〜一五五五年）は「わび茶の心」を見い出しました。紹鷗は堺の豪商で、茶聖千利休の師とされる人です。連歌師でもあった紹鷗は、次のように語ったといいます（『南方録(2)』覚書）。

わび茶の湯の心は、新古今集の中、定家朝臣の歌に「見わたせば花も紅葉もなかりけり浦のとまやの秋の夕ぐれ」この歌の心にこそあれ……花もみぢをつくづくとながめ来りて見れば、無一物《むいちぶつ》の境界、浦のとまやなり。花紅葉をしらぬ人の、初よりとま屋にはすまれぬぞ。ながめながめてこそ、とまやのさびすましたる所は見立たれ。これ茶の本心なり。

何もない「苫屋のさびすましたる所（寂びの極致）」に、心の目で「花紅葉の美」を見るのが「茶の本心（茶道の本質）」だというのでしょう。

『南方録』は、さらに藤原家隆の和歌を引きます。

花をのみ待つらん人に山ざとの雪間の草の春を見せばや

美しい花をばかり、いつ咲くだろうと待っている人たちに、山里に降り積もった雪の間から芽吹きはじめた、春の若草を見せたいものだ。

この歌に利休は「茶の湯の心」を見たといいます。一面の雪景色。それは花も紅葉も全てを覆い尽くす「無一物」（何もない）の世界です。その中に、春の陽気をむかえ、青草が二葉三葉、芽生え始めている。その春の息吹を、心に感じる取ること。それが侘《わ》び茶の神髄だというのです。

室町時代の長い戦乱の中で、和室や茶道、生け花、能楽など、今に続く伝統文化が芽生え、花開きました。

絢爛《けんらん》豪華な金閣寺と、枯高簡素な銀閣寺。黄金と侘び。錦秋と枯淡。対極をなす二つの美意識が重なり、融合することによって、日本文化の伝統美が生まれたのです。その美意識は今も、私たちの心の中に受け継がれ、息づいているはず。

「錦秋」の美を心に、「枯淡」の冬を迎えましょう。

注1、藤原公任……平安中期の歌人。故実に詳しく、書も古筆として珍重される。四納言・中古三十六歌仙の一人。『和漢朗詠集』などを編纂した。九六六～一〇四一年。

2、『南方録』……博多の立花家に伝わった千利休の秘伝書とされるが、江戸の元禄時代に成立した偽書との説もある。江戸時代の「わび茶」思想の形成に大きな影響を与えた。

香炉峰の雪

十二月七日頃から二十四節気の「大雪《たいせつ》」。日本海側はもちろん、太平洋側や四国でも、山地に雪が降り、峰が薄く雪化粧する時季です。

平安時代、雪が降り積もったある朝、一条天皇の中宮（后《きさき》）定子が、ご指名で謎をかけました。

少納言よ、香炉峰の雪、いかならん（どんなふうかしらね）

清少納言がすぐ、板戸と簾《すだれ》を上げさせると、中宮様は満足げに「笑はせたまふ（お笑いになった）」と、『枕草子』（第二八〇段）にあります。

教養と機転。これがないと皇后の女官は務まりません。私も妻が「ツー」と鳴けば、たいてい顔色で察し「カー」と返せます。しかし、少納言はずっと格上でした。

中宮の台詞《せりふ》は、白居易（↓詩人紹介）の詩句、

香炉峰の雪は簾を撥《かか》げて看《み》る（1）

が前提になっています。「香炉峰の雪」の後は、「簾を撥げて看る」と続く。「中宮様は簾を上げてほしいのだわ」と、ピンときたのです。

「撥げる」は本来、棒の先などで簾をヒョイと「跳ね上げる」動作ですが、さすがにそんな、ズボラなオジさんのようなまねはできません。ふつうに巻き上げさせたのでしょう。

香炉峰は、中国廬山《ろざん》（江西省）にある名峰です。香炉のような形の峰に雪が積もると、山水画のように美しい風景になります。

八一五年、唐の詩人白居易は、宰相暗殺事件が発生した日に、誰よりも早く皇帝に意見書を奉りました。しかし、それが越権行為と見なされ、江州（九江市）司馬という、僻地の閑職に左遷されてしまいます。

閑職ですから、自由時間はたっぷりあります。近くの廬山へ登った時、山中で「ここそ自分の故郷だ」と感じる場所と出会いました。そこへ草堂を建て、次の詩を詠んで、完成を祝ったのです。

日は高くのぼり十分眠ったのに、まだ起きる気になれない。小さな草堂に布団を重ね寝ていると、少しも寒くない。枕に横たわりながら、遺愛寺の鐘の音に聴き入り、簾を撥ねあげて、香炉峰の雪を眺める。廬山は、世俗の名利から逃れる絶好の地。司馬は、老年を過ごすにふさわしい閑職。心身ともに安らかで落ち着ける場所こそ、帰ってゆくべき処《ところ》。（名利を求める者が住みたがる）長安だけが故郷ではない。

最後の二句は、

心泰《やす》く身寧《やす》きは是れ帰する処、故郷何ぞ独《ひと》り長安に在るのみならんや(2)

四国の松山市内に家を建てる際、これが私たちの目安になりました。故郷静岡と同じ山里風情の場所。そこを選び、ささやかな「市中の山居」を建てたのです。遠く四国山地の雪を眺めることもできます。

のんびり屋に見える白居易ですが、芯は一本筋の通った硬骨漢です。皇帝の側近だった時には「陛下、誤《あやま》てり！」と直言し、皇帝を激怒させたこともありました。

政治や社会の問題点を指摘する詩も多く作っています。そのなかには、利権にしがみつき、規定の七十歳を過ぎてなお辞職しない大臣を批判する詩もあります（「不致仕」）。今の世界にも、同じような指導者がいますね。その国に、果たしているでしょうか、白居易のような正義漢は。

彼はこうした行為をにらまれ、そのあげくに左遷されました。しかし、その左遷先で、新しい歓びや価値観、生き方を見つけたのです。レジリエンス——しなやかな強さ——、それが、この詩人の持ち味なのです。

白居易は別の詩「殷《いん》協律に寄す」で、こう詠じました。

琴詩酒の伴《とも》は皆我を抛《なげう》つ、雪月花の時　最も君を憶《おも》ふ(3)

琴や詩や酒をいっしょに楽しんだ旧友たちは皆私から去って行ってしまった。だから、雪の降った朝や、月が美しい夜、花盛りの季節には、とりわけ君のことが懐かしく思い出されるよ。

この「雪月花」の語は、やがて日本に伝わり、日本人の美意識になったのです。

自然美と他者への愛。それは、黒く汚れた心を、雪のように浄化してくれるはずのものです。戦争や地球の温暖化（沸騰化）が止まらない時代。「心の雪」を解かさぬよう、大切に守りたいと思います。

注1、原文は「香炉峰雪撥簾看」
2、原文は「心泰身寧是帰処、故郷何独在長安」
3、原文は「琴詩酒伴皆抛我、雪月花時最憶君」

恩師の声

十二月の異称は「師走《しわす》」です。師の僧が経をあげるため東西に馳《は》せ走る月「シハセ（師馳）」の意味だともいいます。歳末を迎え「走っている」方も多いことでしょう。

気のせいか、時間の過ぎゆくスピードが、年々速くなっているようです。たまには立ち止まって、ゆっくりと時の歩みを振り返りたいものです。

拙宅に額装した恩師の俳句があります。「平成二十一年十二月十四日」に菅野禮行《すがのひろゆき》先生から頂きました。そこには、当時千葉在住の先生が「諸田邸の竣工《しゅんこう》を夢みて」自詠してくださった十一句が、万年筆で記されています。初句に、

子規漱石書窓に映す柑子《かんし》かな

後半は「歳末雑詠」となっています。その美しい筆跡を眺めていると、今は亡き恩師の声が聞こえてきます。

菅野先生は、白楽天と菅原道真研究の大家で『和漢朗詠集』（小学館）の著もあります。俳句を愛好され、俳号は翠峰《すいほう》。

静岡の大学院で留年し、進路に行き悩んでいた私に「二つの道で悩んだ時には、困難な道を選びなさい」と勧めてくれました。妻とも先生の研究室で出会いましたから、まさに月下老人、(1)公私にわたる恩人です。

数年後にご自宅へ招かれ、いつ言い出そうか迷いながら、婚約をお伝えしたところ、「蕎麦《そば》を食いながら言う話か」と叱られました。懐かしい思い出です。

ある日、授業で先生が「この詩、いいでしょう」と教えてくれました。江戸時代、大分の日田で漢学塾を開き、全国の塾生を育てた広瀬淡窓《たんそう》の詩です。その「桂林荘雑詠、諸生に示す」（其の二）に、こう詠っています。

　塾生たちよ、「他郷では辛《つら》いことが多い」などと弱音をはくまいぞ。一枚の袍《ほう》（どてら）を貸し借りし、寒さをしのいでこそ親友になれる。朝早く粗末な門扉《もんぴ》をあけ外に出ると、一面真っ白。雪のような霜だ。さあ、君は川の水を汲《く》みたまえ、私は薪を拾いに行こう。

書き下し文では、

道《い》ふを休《や》めよ 他郷辛苦多しと、同袍友有り 自《おのずか》ら相親しむ。
柴扉《さいひ》暁に出づれば 霜雪《しもゆき》の如し、君は川流《せんりゅう》を汲め 我は薪を拾はん(2)

その後、淡窓は桂林園を移築して「咸宜園《かんぎ》」としました(一八一七年)。中国最古の詩集『詩経』の「命《めい》を受くること咸《みな》宜《よろ》し」に拠《よ》るものです。「どんな人にも良い所がある」という意味。その咸宜園の「以呂波歌《いろは》」に、こう詠っています。

鋭きも鈍きも共に捨て難し 錐《きり》と槌《つち》とに使ひ分けなば

「適材適所で使い分ければ、どんな人もみな世の役にたつ」というのです。

淡窓は、入門時に塾生から「年齢、学歴、身分」の三つを奪い(三奪の法)、毎月初めに成績を公表(月旦評《げったん》)して、各自の努力を促しました。

今とは違い身分制度が厳しい時代です。そうした世の中にあって、厳正で公平な教育を、淡窓は実践したのです。多い年には二百人を超える塾生が学びました。

五十四歳の時、人知れず「万善簿」を始めます。善い事をした時には○を、悪い事をした時には●を、帳簿に記すのです。六十七歳で一万個の○、つまり「万善」を達成します。

そのようにして陰徳を積み、多くの俊秀に恵まれました。九州の人が中心ですが、蘭学者の高野長英や大村益次郎など、四国愛媛にゆかりの人もいます。淡窓亡き後も、塾生には恩師の声が聞こえていたことでしょう。
晩年、腰痛に苦しまれた翠峰菅野先生の「歳末雑詠」に、次の句が並んでいます。

八十路《やそじ》来て冬木の枝に新芽あり
書籍のみ安らぐ八十路冬日かな
寒中の寒肌をさし腰を刺す
年越に痛み連れたる書斎かな
去年今年痛み連れたる年の暮
書架冷えて肩刺す痛み寒の中《うち》

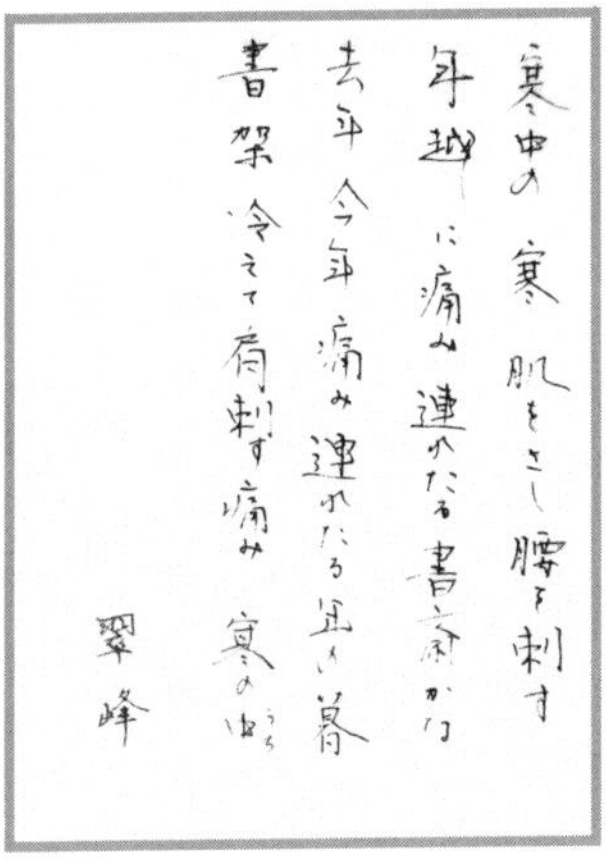

恩師に合掌。

注1、月下老人……男女の仲を取り持つ人。「月下氷人」とも。唐の韋固が、月夜に逢った老人に将来の妻を予言された故事による（『続幽怪録』）。
2、原文は「休道他郷多辛苦、同袍有友自相親。柴扉暁出霜如雪、君汲川流我拾薪」

富国強兵の道

十二月二十一日頃から二十四節気の「冬至《とうじ》」です。ゆず湯につかりながら、ゆっくり一年を振り返ってみましょう。

二〇二二年はコロナ禍とウクライナ戦禍の一年でした。一般には「民主主義国同士は戦争をしない」と言われます。しかし、民主主義は世界の主流になり得ていません。専制主義国のロシアが戦争を仕掛け、中国のゼロコロナ政策が波紋を広げました。独《ひと》りの男に左右される「大国」が世界を動揺させ、日本も軍備増強へ舵を切りました。世界が再び富国強兵へ向かう転機にも見えます。

「富国強兵」は中国の古典『戦国策』（秦策）に由来する言葉です。

国を富まさんと欲する者は、務めて其の地を広め、兵を強くせんと欲する者は、務めて其の民を富ます。

国を富ませ、強い兵力を持ち、領土を拡大する。これが明治日本の国是になりました。先進の西欧諸国に、一刻も早く追いつき追い越せと、司馬遼太郎が言う『坂の上の雲』(1)を目指して突き進んだ時代です。

政府は学制・兵制・税制を一体的に改革します。国民全員が教育を受け、兵士となる制度（義務教育と徴兵令）を整え、「有能な軍人」の養成を目指しました。それにより日清・日露の戦争に勝利し、朝鮮や台湾にまで領土を拡張したのです。

この頃、福沢諭吉（一八三四〜一九〇一年）は阿片戦争(2)などにより、世界中に植民地を拡大している英国を羨《うらや》み

己《おの》れ自ら（自分が）圧政を行うは、人間最上の愉快

と述べています（一八八二年の時事新報社説）。これではまるで独裁者、スターリンかヒトラーが言いそうなセリフです。

しかし、こうしたあからさまな覇権主義、身勝手な国益追求が、当然視された時代だったのです。やがて日中戦争から太平洋戦争へ。軍国日本は、破滅の道を突き進みました。

戦後は専ら「富国」（経済活動）に勤《いそ》しみ、「強兵」は自粛してきたと言えるでしょう。しかし今また「防衛のため軍備増強へ舵を切る」と、方向転換を宣言したわけです。ああ、危

ういかな。

富国強兵には技術の進歩が不可欠です。科学技術においては、何でも「新しいもの」がよく、「古いもの」は「非能率」とされます。

「非能率」なものは、排除しなければ国家間の生存競争に敗れてしまう。

こうした強迫観念が明治日本に広がり、文明開化の名の下、多くの伝統文化が「無価値」とされました。仏教の排斥運動（廃仏毀釈《きしゃく》）が起こり、仏像など貴重な文化財が失われ、海外に流出したのです。

初代文部大臣森有礼《ありのり》（一八四七〜一八八九年）は若い頃「英語を日本の国語にせよ」と主張します。彼はダーウィンの進化論を社会学に応用したイギリスの学者スペンサーから大きな影響を受けました。日本語を使っていると世界の進歩発展から遅れ、自然淘汰《とうた》されてしまう、そう考えたのでしょう。

その頃、欧米を中心に世界で使われ始めていたのが、タイプライターです。文字盤を打って活字を紙に打ち出す機械。ところが、ひらがなや漢字を使っていてはタイプライターが打てません。そこで「日本語の表記をローマ字に変えよう」という主張も現れます。

しかし、言葉の本質は、科学技術や経済とは無関係です。逆に、日本の文化や伝統、価値観や美意識に直結するものです。もしも英語を国語にすれば、日本文化の本質が変わってしまうことでしょう。

明治政府から招聘《しょうへい》されたドイツ人医師はこう述べています。

「現代の日本人は自分自身の過去については、もう何も知りたくないのです」「新日本の人々にとっては常に、自己の古い文化の真に合理的なものよりも、どんなに不合理でも新しい制度をほめてもらう方が、はるかに大きい関心事なのです。」

（菅沼竜太郎訳『ベルツの日記』一八七六年）

今再び「富国強兵」に転じようとする日本。

生存競争を勝ち抜くため、デジタル・AI等の技術進歩と、それに寄与する「有能な人材」の育成が不可欠とされ、理系重視の教育政策が押し進められています。

しかしそれは、明治期の「有能な軍人」の養成と、同じであってはいけないはずです。

「コスパ」や「タイパ」ばかりを追求する社会や国家では、やがて、手続きに時間を要する民主主義という制度は衰退し、人間もまた、AIなどの機械に「人材」としての座を奪われかねません。

しかし、人間の存在価値は、「何かに役立つ材料」、すなわち「人材」には尽きないものです。

みな「一個の人間」、「個性ある人格」として、人生の心豊かな充実と、自他の幸福を願っています。その実現こそ、真に目指すべき「坂の上の雲」ではないでしょうか。

注1、『坂の上の雲』……司馬遼太郎の歴史小説。近代国家として歩み出し、日露戦争勝利へと至る勃興期の明治日本を描く。

2、阿片戦争……一八四〇～四二年、清朝のアヘン禁輸措置から起こったイギリスと清国との戦争。破れた清国は、列強と不平等な南京条約を結び、香港の割譲、広東《カントン》・厦門《アモイ》・福州・寧波《ニンポー》・上海の開港、賠償金の支払いなどを約し、半植民地化された。

歳月不待人

今年も残りわずか。そろそろ仕事納めです。正月休みが待ち遠しい方も多いことでしょう。中国に「三余」という言葉があります。勉強に利用すべき「三つの余暇」のことです。年の余りの「冬」と、日の余りの「夜」、時の余りの「雨降り」の三つを言います（『三国志』魏志）。

冬休みには「三余」の時間がたっぷりあります。仕事や雑事を離れ「素《す》の自分」を省みる好機かもしれません。

中国の詩人陶淵明（↓詩人紹介）は、

時に及んで当《まさ》に勉励すべし、歳月は人を待たず(1)

と詠《うた》いました。漢文で習った方も多いでしょう。「勉励」は、勉《つと》め励む。努力する、という意味です。受験生は今ごろ、寸暇を惜しんで「勉励」中でしょう。しかし、淵明の詩では違う意味で詠われています。

この世を生きる人のありさまは、拠《よ》り所なき根無し草。風に舞う路上の塵《ちり》のよう。風を追いかけ転がるうち、気がつけばもう昔の容姿は失われている。この世に生まれ落ちた皆が兄弟、どうして肉親だけが身内だろうか。嬉《うれ》しい時には存分に楽しむべし。枡《ます》酒が手に入った、隣人も呼び集めよう。若い時は二度と来ず、一日は再び朝には戻らない。だから今この時を逃さず、全力で楽しむべきだ。歳月は人を待ってはくれないのだから。

（「雑詩十二首」其の一）

傍点部の訓読文が「時に及んで当に勉励すべし、歳月は人を待たず」です。

人生の時間には限りがある。だからこそ、「今」を全力で楽しめ、というのです。

陶淵明は貴族の家系に生まれました。母方の祖父は、国を支えた偉い将軍です。しかし、淵明は役人仕事が性に合わず、四十一歳で辞職。故郷の田園に帰り、農民と共に畑仕事をして暮らしました。

楽しみは「飲酒と詩作」です。それが淵明にとって「人生で最も大切なもの」「心から楽しめるもの」だったのです。

自分の愛したものの中に自分の人生がある、と言います。

だとすれば、私たちも、淵明の飲酒と詩作に代わるような「愛する何か」を持ちたいものです。家族や趣味、旅や恋でもＯＫでしょう。

私は淵明の詩が大好きです。深い、哲学的な味わいが、淵明の詩にはあるからです。

彼が生きた時代は貴族主義の時代でした。立身出世は血統によって決まってしまう。文学も、四六駢儷《べんれい》文(2)など、形式的な美を誇る文章ばかりがもてはやされました。人間の価値を、身につけた装飾品の値段で決めるような時代です。

故郷の田園に帰った淵明は、そんな時代の風潮から遠く離れ、自然と向き合いながら、人間という存在の真実を詠いました。彼の詩には、人間の「孤独」に対する透徹したまなざしがあります。

風に舞う路上の塵。その一つ一つが人間だ、と淵明は詠っています。

人生には根蔕《こんてい》無く、飄《ひょう》として陌上《はくじょう》の塵の如し(3)

しかも、与えられた時間は短い。有限の人生を、孤独に生まれ死んでゆく、それが人間の宿命です。だからこそ、同じ宿命を生きる者として「この世に生まれ落ちた皆が兄弟」です。血縁など関係ありません。ベートーベンの交響曲第九番の合唱「歓喜の歌」にも「すべての民は兄弟となる」と詠っています。

ドイツの哲学者ニーチェ（一八四四〜一九〇〇年）は、孤独を「私の故郷」と呼びました。「孤独」は「本当の自分らしさ」を回復する時と場所です。そこから「素の自分」が見え、世界と人間の真相も見えてきます。真の連帯や共生の喜びも「孤独」を知ればこそ実感できる。だから「孤独は私の故郷」なのです。

冬休みは「三余」の時。仕事も肩書も雑事も忘れ、独り静かに自己と向き合い、人生の「行く年来る年」を思う好機です。

世の中の変化は激しく、つむじ風のように私たちを巻き込みながら、「世に役立つ人材であれ」と、目が回るようなスピードで駆り立てます。

しかし、哲学は「立ち止まって考えろ」という学問です。こんな時代だからこそ、「三余の時」「哲学の時間」を持つことが、大切なのではないでしょうか。

哲学は、学者の学問、すなわち「机上の空論」ではありません。立ち止まって考える時、私たち一人一人が「哲学者」になるのです。

人は皆「風に舞う路上の塵」として、今という時代を共に生きています。

歳月は人を待たず。さあ、皆さん。正月には「故郷」へ帰り、かけがえのない共生の時を、心楽しく過ごしましょう。

注1、原文は「及時当勉励、歳月不待人」
2、四六駢儷文……六朝《りくちょう》から唐にかけて流行した文体の名。四字および六字の句を基本とし、対句や典故、美辞を多用するなど、内容よりも形式を重んじた。
3、原文は「人生無根蔕、飄如陌上塵」

飲酒を楽しむ陶淵明
宋・李公麟「淵明帰隠図」（部分）

歳寒三友

明けましておめでとうございます。新年を迎え、里帰りしている方も多いことでしょう。私も例年、正月は静岡の実家に帰省します。今ごろおせち料理を肴《さかな》に、酒で顔を赤らめていることでしょう。妻の両親と母が元気でいてくれて、本当にありがたいです。

一月六日頃から二十四節気の「小寒《しょうかん》」。「寒の入り」です。次の二十四節気「大寒《たいかん》」と併せ、立春を迎えるまでが「寒の内」。これから一年で最も寒い時季に入ります。

「歳寒三友《さいかんのさんゆう》」という言葉をご存じでしょうか。冬に友として賞すべき「松竹梅」の三つを言います。

中国の宋代、十三世紀に文人が好んだ画題に由来します。松や竹は冬も色あせず、梅は寒中に香り高く咲く。どれも、逆境に負けない強さと気高さ、節操や高雅の象徴として尊ばれるようになりました。

日本でも、例えば能舞台に「松竹梅」が配されます。

奥の羽目板に老松《おいまつ》（樹齢を重ねた松）を描き、脇に若竹の絵。演者と観客を梅に見立てます。舞台の老松（影向《ようごう》の松）は、神仏が宿る木。松を描いた平らな板を「鏡板《かがみいた》」と呼びます。昔、神社などで能を上演する際、境内の松を舞台の鏡に映したことに拠《よ》るそうです。

今でも街中を散歩していると、古いお宅の庭先に松が植えられているのを目にします。松は生命力あふれる常磐木《ときわぎ》（常緑樹）。不老長生や繁栄を象徴する樹木です。

正月に門松を飾るのも、歳神《としがみ》様（豊穣《ほうじょう》と先祖の神）を各家にお迎えする際の「目印」にするためです。神様が迷わず、気持ちよく来て下さるように飾るわけです。

門松という名前なのに、何だか竹のほうが目立ちますが、あくまで主役は松です。竹は脇役。

兼好法師の『徒然草』（十九段）に、

（元旦の）大路のさま、松立てわたしてはなやかにうれしげなるこそ、またあはれなれ。

とあります。兼好法師もお正月気分を楽しんだようです。

頓智《とんち》の一休さん（室町中期の禅僧一休宗純）も、門松を詠《うた》っています。

門松は冥途《めいど》の旅の一里塚、馬駕籠《かご》もなく泊まりや（屋）もなしこちらはちょっとひねくれ気味。下の句はのちに「めでたくもあり、めでたくもなし」に変わりました。

門松は冥途の旅の一里塚、めでたくもありめでたくもなし

「正月だというのに縁起でも無い」と思う方が多いでしょう。ごめんなさい。しかし、一休は禅僧です。この歌には何か深い意味がありそうです。

江戸時代までは、正月を迎えると皆が一斉に年を取りました。だから、大晦日《おおみそか》の夜を「年取り」とも言います。

子供の頃は嬉しいけれど、大人になると、「あと何回……」と、老い先が気になります。一休の道歌は「正月はめでたいが、人生は短いぞ。浮かれてばかりいないで、限りある時間を、自覚して生きなさい」というのでしょう。

さて、大晦日の夜、門松を目印に歳神様がいらしたら、御節《おせち》料理と御神酒《おみき》でもてなします。それが終わると供物《くもつ》のおせちを雑煮にして、酒食の宴（直会《なおらい》）を開きました。雑煮に入れるお餅が、神様から戴く「年玉」です。今の「お年玉」のルーツですね。

けちな私は、現金を渡す「お年玉」という習慣があまり好きではありません。子供の頃は喜んでもらっていたけれど……。

子供がきちんと礼儀正しく挨拶し、心から感謝していただくのであれば、気持ちよく渡せるのかもしれませんが。ふだん会ってもいない孫や子が催促にきたら「そもそもお年玉というのは……」とムニャムニャ言いながら、お餅をあげるのも手ですね。きっと翌年から寄りつかなくなるでしょう。

今回は「歳寒三友」を紹介しましたが、「三友」は何も「松竹梅」に限りません。例えば、孔子は「益者三友。損者三友」と言いました。「有益な友が三種。有害な友が三種ある」と。「正直な友、誠実な友、物知りな友は、有益。体裁ぶった友、へつらう友、口先だけの友は、有害」。訓読では、

直《なお》きを友とし、諒《まこと》を友とし、多聞《たもん》を友とするは、益なり。便辟《べんぺき》を友とし、善柔を友とし、便佞《べんねい》を友とするは、損なり。（『論語』季氏篇）

これを受けて兼好も「よき友三つあり」と述べています。

物くるる友。医師《くすし》。智恵ある友。

同じ一一七段には、悪友も挙げています。

友とするにわろき者、七つあり。……高くやんごとなき（高貴な）人。若き人。病なく身強き人。酒を好む人。猛《たけ》く勇める兵《つはもの》。虚言《そらごと》する（うそをつく）人。欲深き人。

どうやら兼好は、もののあはれを解さぬ人を、嫌ったようです。

厳島神社の能舞台
（奥の羽目板に老松）

受験生の夢

一月中旬には大学入学共通テストがあります。受験生は苦学の傍ら、将来を夢見ていることでしょう。人事を尽くして天命を待つ。ぜひベストを尽くし、がんばってほしいと思います。

中国の唐代に、こんな話があります。

旅の老人が、邯鄲《かんたん》（河北省）という街で、同宿した盧生《ろせい》という若者に将来の夢を尋ねました。盧生はこう答えます。

「立身出世して将軍か宰相になり、食事は豪勢、美女に囲まれ、一族は繁栄し、一家裕福にくらしてこそ、楽しい人生だと思います。」

言い終えた途端、盧生は眠くなり、老人がくれた枕に頭をのせました。すると、夢の中で五十年余りの人生を体験し、先の話が実現するのです（『枕中記』）。

当時、こうした夢を実現するためには、科挙に合格する必要がありました。「科挙」は高級官僚選抜試験です。五、六歳から勉強を始め、儒教の「四書五経《ししょごきょう》」(1)を「暗記せよ!」と言われます。『論語』『孟子』など九冊合計で四十三万字以上。さらに数倍する注釈書を読み、模範解答を理解しておく必要がありました。

科挙は六世紀後半、隋の時代に始まります。当時は貴族全盛の時代。血統が何より重視されました。ところが、隋を建国した楊氏は異民族です。血統では劣るため、貴族たちから見下されがちでした。そこで、能力を基準に優秀な人材を集め、貴族に対抗しようと、科挙の制度を始めます。以後、ラストエンペラー(宣統帝・溥儀《ふぎ》)の時代、清王朝の末まで、一三〇〇年以上続きました。

試験科目は、帖経《ちょうけい》(経書の伏せ字当て)、詩賦(作詩)、策(時事を問う小論文)の三つが基本です。試験場に入る際には、不正な持ち込みがないか、耳の穴の中まで調べられました。それでも人差し指の先ほどの豆本を忍ばせ、持ち込もうとしたり、下着にびっしり四書五経を書き込んだり。それが見つかれば、手や首に枷《かせ》をはめられ、厳罰に処せられます。

いったん入場すると、九日間は外出禁止。一畳ほどの小さな部屋で雨風をしのぎ、持参の鍋で自炊しながら受験しました。そのストレスたるや、たいへんなもの。なかには頭がおかしくなってしまう受験生もいたようです。

科挙の制度は朝鮮やベトナムにも広がり、日本でも平安初期に試験制度が導入されます。

しかし、平安時代は官僚ではなく貴族による政治が主流となったため、定着しませんでした。西洋では、貴族の反乱に苦しんだフランス国王ルイ十四世が、宣教師から科挙の話を聞き、「それはよい！」と、科挙をモデルに高等文官試験を導入。官僚が皇帝を支える中央集権化を目指しました。この試験制度が、フランス革命後、国立大学の入学試験となり、今のバカロレアに繋《つな》がります。

バカロレアは、高校修了時の学力や教養を試すもの。合格すれば、原則として全国どの大学にも入学できます。文学・経済社会・科学の三部門から一つを受験しますが、初日は全員に哲学が課されます。

哲学の試験は、何と四時間の論述です。近年、科学部門で出された課題は、

「私たちに真実を求める義務はあるか」「芸術家はその作品の主人公か」「労働の減少はよき生を意味するか」

理系の学生にもこうした学力や教養を求めるのがフランス流。情報や実務、即戦力の人材養成にばかり目が行きがちな日本との違いは鮮明です。

とはいえ、受験生は、試験制度を変えることはできません。人事を尽くして試験に臨み、天命を待つのみです。受験生の皆さん、がんばってください。

しかし、煎じ詰めれば、人間の価値は、偏差値とは無関係です。中学しか出ていなくても立派な人はたくさんいるし、有名大学出の下劣な人間は数知れず……。結局、受かるもよし、落ちるもよし。「禍福は糾《あざな》える縄のごとし」(2)です。李白は科挙に目もくれず、杜甫は何度も落第。おかげで二人は大詩人になれました。私も大学院で留年し、おかげで妻と出会いました。

冒頭で紹介した、立身出世を夢見た唐の若者盧生。五十年の夢から覚めてみると、まだ宿の主人が炊き始めていた粥ができあがる前でした。盧生はそれが短い夢であったと悟ると、老人に礼を言い、宿を立ち去ります。「邯鄲の夢」「一炊《すい》の夢」として、知られているお話です。

受験生など、若者が「将来の夢」を思い描くのは当然でしょう。しかし、もう一つ別な「夢」があることを、この逸話は教えてくれています。

人生を顧みる年齢になると、人生そのもの、まして栄華などは「一場《じょう》の夢」であったと気づくのです。

日本でも、織田信長(一五三四〜一五八二年)は辞世の際、

人間五十年、化天《けてん》のうちをくらぶれば、夢幻《ゆめまぼろし》の如くなり(3)

と吟じ、豊臣秀吉(一五三七〜一五九八年)もまた

露と落ち露と消えにし我が身かな　浪速《なにわ》のことは夢のまた夢

と、辞世の歌を詠んでいます。「浪速のこと」は、「大阪城で過ごした栄華の日々」を言います。

「人生は一場の夢」――それは、戦国武将や唐の盧生に限らず、今を生きる私たちにも当てはまる、深い実感だろうと思います。しかし、これがわかる（実感される）ためには、人生経験を積まなければなりません。

長生きしてはじめて、人生は短いことがわかるのです。

注1、四書五経……四書と五経。儒教で特に尊重される書物の総称。「四書」は、『礼記《らいき》』の中の大学・中庸の二編と、論語・孟子。「五経」は、易経・書経・詩経・春秋・礼記。

2、「禍福は……」……「この世の幸不幸は、より合わせた縄のように、常に入れかわりながら変転する」という意味。（『史記』南越伝、賛）

3、「人間五十年……」……幸若舞『敦盛』の一節。「人生わずか五十年。八千年の寿命を保つ化楽天の一生に比べれば、夢幻のようにはかないものだ」という意味。

正月から春節へ

一月二十一日頃から二十四節気の「大寒」です。一年で最も寒い時季に入ります。十五日に門松や注連飾《しめ》りを焼く左義長《さぎちょう》（とんど焼き）が済み、正月料理を食べ尽くす「二十日正月」が過ぎれば、正月も祝い納め。昔は一カ月以上かけて、正月を祝っていたのですね。時間がゆっくり流れていたことがわかります。「豊かさ」とは何か、改めて考えさせられます。

中国の正月は「春節」。旧暦（農暦）の元旦で祝います。新暦での日付は毎年変わります。今年の春節は何日でしょうか。

春節の時期になると、民族大移動が起こります。

以前、中国滞在中に、われわれも大混雑に巻き込まれ、スリに遇《あ》いそうになった妻が、追いかけてパンチを見舞い、事なきを得たことがありました。スリよりも「農村へ帰省する人がコロナ禍を広げる」と心配された年もありました。それでも故郷へ帰りたい。春節に寄せる中国人の思いはとても熱いのです。

春節は月の満ち欠けが基準になっています。立春を含む月の「新月の日」が、春節です。「月立ち（新月）」が「ついたち」ですから。

さて、春節が近づくと、次のように準備を進めるのが伝統です。

十二月八日が事始め。二十三日に竈《かまど》の神を祭り、二十四日は大掃除。二十五日に豆腐を、二十六日に饅頭《マントウ》を作る。二十七日は雄鶏《おんどり》を、二十八日はアヒルをつぶす。二十九日に美酒を備え、三十日（大みそか）に春聯《しゅんれん》を門に貼って、新年を迎えます。

除夜から元日の様子を、十一世紀の王安石（↓詩人紹介）はこう詠《うた》っています。

爆竹が鳴り響くなか一年が終わる。春風が吹き入って暖かいお屠蘇《とそ》。都中の家で初日《はつひ》が輝く元日の朝。新年を祝って門《かど》のお札《ふだ》を新しくする。

書き下し文では、

爆竹声中、一歳除す、春風暖《だん》を送って屠蘇に入る。千門万戸曈曈《とうとう》たる日、総《すべ》て新桃を把《と》りて旧符に換《か》ふ(1)

この「元日」と題する詩には、春節のエキスがぎっしり詰まっています。

先ずは「爆竹」。今でも除夜には、爆竹を一斉に爆発させますが、まるで小型ダイナマイトのよう。元来爆竹は、青竹を火にくべ、爆音で悪鬼や疫病を追い払うものでしたが、やがて紙筒に火薬を入れる、今のようなものになりました。

次は「屠蘇」です。これは、各種の薬草を調合した漢方薬のこと。紀貫之の『土佐日記』にも

年末（二十九日）に医者がわざわざ屠蘇《とうそ》や白散《びゃくさん》（漢方薬）に、酒を添えて持って来た（医師ふりはへて、屠蘇、白散、酒加へて持て来たり）

とあります。これを酒に漬けたのが屠蘇酒です。健康長寿に薬効があるとされ、唐代にこれを飲む習慣が定着しました。それが遣唐使によって日本へ伝わり、平安貴族の間にも広がったのです。

正月の食べ物は、北方では餃子《ジャオズ》、南方では年糕《ニエンガオ》（餅）や湯円《タンユエン》（白玉団子）が欠かせません。大みそかには遠方から親戚一同が集まり、持ち寄った各地の手土産を贈りました。これが日本の「お歳暮」のルーツです。それから皆が一堂に会して、年越しの「年夜飯《ニエンイエファン》」を食べ、一族の繁栄と団結を先祖に願うのです。

王安石は先の詩で「新桃を旧符に換ふ」と詠んでいました。これは「桃符《とうふ》」のことです。

古代の中国人は、大みそかに悪鬼が家へ侵入してくるのを恐れました。そこで、邪気を払う桃の木の板に魔よけの神を描き、そのお札（符）を門に掛けたのです。これが「桃符」の

始まりです。物は試しと、私も書斎のドアに掛けてみましたが、妻は入ってきます。

さて、その桃符が、やがて「春聯《しゅんれん》」になりました。

春聯は、赤い紙に幸福を願う言葉を書き、家の入り口の両側に貼るものです。例えば、

人有笑顔春不老、室存和気福無辺

など。書き下せば、

人に笑顔有れば春にも老いず、室に和気存すれば福は無辺

いい言葉ですね。「笑顔さえ有れば、年取りの新春が来ても老いないし、室内に和気があれば、幸福に限りはない」。

中国では今も、玄関の両側に春聯を貼る家がたくさんあります。わが家の玄関にも貼ってみようかしら。

和気に満ちた春が今の世界に訪れるのは、いつのことでしょうか。心から祝える春節を、早く取り戻したいものです。


注1、原文は「爆竹声中一歳除、春風送暖入屠蘇。千門万戸曈曈日、総把新桃換旧符」

春を探す

二月四日頃から二十四節気の「立春《りっしゅん》」。間もなく春が訪れます。春は今どのあたり？

百花の中で春の訪れをまず知らせてくれる花は梅です。

梅の原産地は中国の中部。バラ科サクラ属の落葉樹です。梅は、美人の血統なので、花は美しく、香りも高いのです。

しかし、古代の中国人は花よりも実を重んじました。酸っぱい梅の実は、つわりの際に女性が欲しがるので、妊娠・出産の魔力を持つ果実とされたようです。最古の詩集『詩経』の「摽有梅《ひょうゆうばい》」という詩に、

梅の実をあなたに投げますよ。私に求婚するなら、吉日を選びなさいね。

とあります。つまり、梅は適齢期の女性が意中の男性に贈る果実でした。さらに、梅肉は、塩と並ぶ調味料。だから味付けには塩梅《あんばい》が大切です。

花に関心が向かうのは三世紀以降のこと。五世紀の詩人陸凱《りくがい》は、使者に託し、北国の友へ「一枝の春」を贈りました。「范曄《はんよう》に贈る」という詩でこう詠っています。

江南有る所無《もの》し、聊《いささ》か贈る一枝の春を(1)

江南（長江の南）は当時のフロンティアです。「何もない」けれど、せめて北より早く咲く「一枝《ひとえだ》の梅」を贈ります、と。この頃から、梅花は春を告げる花になったようです。

十世紀の宋代になると、梅花は人気者になります。「松竹梅」は「歳寒の三友」、「蘭《らん》菊梅竹」は「四君子《し》」と呼ばれ、絵にも描かれて尊ばれました。

梅の高雅な清らかさを愛した十世紀の林和靖《りんなせい》は、梅を妻とし鶴を子として、杭州の西湖畔に隠棲《いんせい》しました。

私の妻は人ですが、日頃「面白い話をせよ」とせがみます。何とかひねり出すと、大抵「つまんない」と鶴の一声。それでも学生時代、次の話は褒めてくれました。

宋の戴益《たいえき》（あるいは尼《に》悟道）は「春を探る」という詩でこう詠った。

「丸一日春をたずねて歩き回ったが、春はどこにも見あたらなかった。わらじばきで高山の雲辺まで踏破したのだけれど。

わが家に帰り梅の小枝の香りを嗅《か》ぐと、つぼみは十分膨らんで、春はこんな所に、いち早く訪れていた」。最終句は、

春は枝頭に在って已《すで》に十分

この詩は「幸福や真理は身近な所にこそある」という中国思想の象徴である。よく似た心情を詠う詩が、上田敏の名訳で知られるカール・ブッセの「山のあなた」。

山のあなたの空遠く「幸《さいはひ》」住むと人のいふ。噫《ああ》、われひとゝ尋《と》めゆきて、涙さしぐみかへりきぬ。山のあなたになほ遠く「幸」住むと人のいふ。

見果てぬ幸福の夢を遠い山のあなた（彼方）に追い求める西洋人と、わが家の庭先のような身近な所に幸せを見いだす東洋人。その違いが、この二つの詩に象徴されている。そう、合山究《ごうやまきわむ》先生が述べている（講談社現代新書『故事成語』）。

こう話すと、妻は「面白いわ、さすが合山先生」と褒めてくれました。

こんな話を茶道仲間にしたら、書の達人が「春在枝頭已十分」と認《したた》め、皆のカンパで掛け軸を作ってくれました。今春も床の間に掛かります。

下に置く花入れには「一枝の春」を活《い》け、身近な幸せを見つけたいと思います。

注1、原文は「江南無所有、聊贈一枝春」

河野玲風書

梅花と詩人

二月四日頃から二十四節気の「立春」。旧暦では一年の始まり「元旦」です。前日の「節分」は、旧暦の「大晦日」に当たります。

節分には「鬼は外、福は内」と豆まきをしますが、これは、大晦日（節分）の夜、悪鬼を追い払い疫病を除くために行った宮中行事（追儺《ついな》）の伝統を継ぐものです。

厳しい寒さも立春まで。梅の花も咲き始めます。今回は、日本の梅を取り上げましょう。

中国で梅の実ではなく「花の美しさ」が詩に詠《よ》まれるのは、三世紀以降のことでした。花を見て「美しい」と感じるのは、感性の洗練によります。

テレビ番組で、初めておつかいをやり遂げた三歳の男の子が、青空の雲を見てつぶやいていました。

なんてきれいな雲なんだろう。きょうの雲って最高だなきっと親の感性を学んだのでしょう。

中国文学を学んだ日本人が、初めて「花の美しさ」を詠《うた》ったのは七世紀の後半、天智天皇の頃です。都は近江大津宮。天皇が「春山万花の艶《にほひ》」と「秋山千葉の彩《いろ》」の優劣を藤原鎌足《かまたり》に尋ねた時、額田王《ぬかたのおおきみ》が歌で「私は秋山が良いと思います（秋山そ我《あれ》は）」と判定しました（『万葉集』十六番歌）。

漢詩でも、この頃唐に留学した日本僧が、花や鳥の素晴らしさをうたう「花鳥詩」を初めて詠んでいます。

七世紀後半といえば、大化の改新（六四五年〜）など、日本が大陸の制度や文化を積極的に取り入れ始めていた時代です。ちなみに「大化」は日本最初の元号ですが、この制度も中国由来のものです。今では元号を使っているのは日本だけになりました。

さて、『万葉集』の梅の歌といえば、七三〇年正月、九州大宰府の長官（大宰帥《だざいのそつ》）であった大伴旅人（六六五〜七三一年）が、その邸宅で催した「梅花の宴」が有名です。九州在住の官人、文化人が集い、梅花の歌を詠み合いました。巻五に収められたその序文に、

初春の令月《よいつき》にして、気淑《よ》く風和《やはら》ぐ

とあります。原文は漢文で

初春令月、気淑風和

元号「令和」の出典です。

当時の大宰府は、大陸の先進文化に触れる前線基地でした。裏返せば、都から離れた僻遠《へきえん》の地。九〇一年、菅原道真（八四五〜九〇三年）は、左大臣藤原時平の陰謀により大宰府に左遷されます。

二月一日、京都の自邸を離れる際、道真は庭の梅花を見てこう詠みました。

東風《こち》吹かば匂ひおこせよ梅の花主《あるじ》なしとて春を忘るな（『拾遺和歌集』）

春風が吹いたらお前の匂いを風に託し送ってくれ、梅の花よ、主人がいなくても春を忘れるな

道真は漢詩の世界でもトップランナーでした。五百編を超える漢詩が『菅家文草《かんけぶんそう》』『菅家後集』としてのこされています。

しかし、当時の朝廷には「詩人無用論」が吹き荒れていました。

政治に役立つ学問は大切だが、季節の推移や人生の情趣を、深く美しい言葉で詠う詩人など無用だ、と言うのです。道真左遷の背景にはこうした時代風潮もありました。

ドイツの哲学者ハイデッガー（一八八九〜一九七六年）は、「何のための詩人か？」とい

う講演の中で、詩人のヘルダーリンにならい、現代を「貧しき時代」と呼んでいます。それは「人間がこの世界をすみずみまで技術と計量の対象としてゆけばゆくほど、私たちの生の実質がみすぼらしく不毛なものになってゆく」からです(藤原克己『菅原道真』による要約)。冒頭にふれた、雲を「なんてきれい」と言った三歳の男の子。それは「詩人の魂」の芽生えでしょう。

技術や計量など「計算的な思考」はもちろん大切です。これなくして現代文明は築かれ得なかったことでしょう。しかし、それは人間精神の一面にすぎません。

別な一面として、「繊細な詩人的感性」が備わっています。それは、伝統文化によって育まれ、磨かれてゆく精神です。そうした「日本人的な詩人の感性」を、現代のわれわれも、遠く受け継いでいるはずです。

雲や花を見て美しいと感じる、自分の「三つ子の魂」を、みなが大切に守り育ててゆけば、世界はきっと、より豊かに、美しくなるに違いありません。

「詩人の魂を忘れるな」。そう自らを戒めたいと思います。

和魂と漢才（上）

一月末の寒波に見舞われると、例年、四国松山にある拙宅も凍り、庭の蛇口につららが光ります。それを解かしてくれるのは、立春の暖かい春風です。

漢詩と梅花を愛した菅原道真が大宰府で亡くなったのは九〇三年でした。その二年後から、天皇の命により最初の勅撰《ちょくせん》和歌集『古今和歌集』の編纂《へんさん》が始まります。選者の一人である紀貫之は、立春の日にこう詠いました。

袖ひぢてむすびし水のこほれるを春立つけふの風やとくらん

暑い夏の日に袖をぬらして手で掬《すく》った山の清水。それが冬の寒さで凍っていたのを、立春の今日、暖かい春風が解かしているだろう。

下の句は、中国の古典『礼記《らいき》』（月令《がつりょう》）の

孟春の月（旧暦一月）、東風（春風）氷を解く
によります。
『古今集』以前の三勅撰集は[1]、すべて日本人の漢詩を集めた「漢詩集」でした。九〇五年に「和歌集を編みなさい」と醍醐天皇が命じたことは画期的だったのです。いわゆる「国風文化」の開幕です。
その『古今集』では、恋の歌と四季の歌が、二本柱になっています。
小野小町（77頁注1参照）の
うたた寝に恋しき人を見てしより夢てふものは頼みそめてき（夢を頼みにするようになった）
は、恋歌の代表作です。この流れの先に、『源氏物語』など平安朝恋愛文学の花が咲きました。
最近よく「ダイバーシティー（diversity）」という言葉を耳にします。企業や大学等で人種・国籍・性別・年齢を問わず人材を活用すること。「多様性」と訳されます。わが家では「お茶をどうぞ」と私が労《ねぎら》うと、「たいへん結構」と妻が返すのが定番。随分前からダイバーシティーを実践してきました。この流れの先に、私の茶道入門の花が咲きました。

一方、平安朝の貴族社会では、男女の区別が明確でした。漢詩漢文の作者は男性ばかり。男女の架け橋となったのが和歌です。文字も真名《まな》（漢字）と仮名に区別され、漢字は男手《おとこで》、仮名は女手、と呼ばれました。

日記は男性官僚が漢文で記すものでしたが、九三五年、紀貫之が『土佐日記』を仮名で書き、和文による女流日記文学の道を開いたのです。

男もすなる（書くという）日記《にき》というものを、女（の私）もしてみむとてするなり。

この冒頭の一文は、きっと日本最古のジェンダー・フリー（性差別克服）宣言でしょう。以来、平安朝文学といえば『源氏物語』『枕草子』など、女流文学の印象が強いですね。しかし、紫式部や清少納言が活躍した一条天皇（在位九八六〜一〇一一）の御代は、実は漢詩漢文の隆盛期でもあったのです。それを象徴する作品が、藤原公任《きんとう》（160頁注1参照）の『和漢朗詠集』です。「声に出して詠みたい和歌と漢詩」を部立《ぶたて》（テーマ）ごとに集めた詩歌集です。

冒頭に紹介した紀貫之の和歌も『和漢朗詠集』に採られています。同じ「立春」の部立には、白楽天（↓詩人紹介）の詩句も引かれています。

今日知らず誰か計会せし、春風春水一時に来たる(2)

立春の今日、誰が計画したのか、春風と雪解け水が同時に来た。

「立春の春風が雪や氷を解かす」という発想は、貫之の和歌と似ています。この一例が象徴するように、和歌と漢詩は、互いに対立したのではなく、手に手を携え、二人三脚で、日本文化の伝統的な美意識を形成してゆくのです。

注1、三勅撰集……嵯峨天皇が撰進させた『文華秀麗集』と『凌雲集』、淳和天皇が撰進させた『経国集』をいう。
2、原文は「今日不知誰計会、春風春水一時来」。

和魂と漢才（下）

二月十四日は聖バレンタインデー。私としては義理チョコをいただけるか、ちょこっと気になりますが、元来はキリスト教徒のカップルが、愛を祝う日です。

東洋で愛を誓う言葉に「比翼連理《ひよくれんり》」があります。日本でも、私が出席した結婚式では、この言葉を色紙に書き、新郎新婦にプレゼントした方がいました。出典は白楽天（↓詩人紹介）の「長恨歌《ちょうごんか》」。唐の玄宗皇帝が、楊貴妃と永遠の愛を誓う際の言葉です。

天に在りては願はくは比翼の鳥と作《な》り、地に在りては願はくは連理の枝と為《な》らん(1)

天に生まれたら比翼の鳥となり、地に生まれたら連理の枝となって、二人は永遠に一体でいよう。

なんと熱い言葉でしょうか。これくらい情熱が籠もっていないと「誓いの言葉」にはなりません。「比翼の鳥」「連理の枝」は、翼や枝が繋《つな》がり、一体化した鳥や木のこと。離れがたい男女の象徴です。

世界三大美人、中国四大美人などとして有名な楊貴妃は、もとは玄宗皇帝の息子、寿王の「お嫁さん」でした。本名は楊玉環といいます。

皇后を亡くして代わりの美女を探していた玄宗が、楊玉環の美貌を耳にし、息子から奪い取った、けしからん略奪愛です。

七四五年、皇后に次ぐ貴妃の位に就きました。時に二十七歳。玄宗は六十一歳。年の差、実に三十四歳です。

微笑《ほほえ》むだけで色気があふれ、後宮の美女たちも遠く及びません。貴妃の美貌と、その色香に溺れる玄宗の様子を、「長恨歌」はこう詠っています。

　眸《ひとみ》を回《めぐ》らせて一たび笑《え》めば百媚《び》生じ、六宮《りっきゅう》の粉黛《ふんたい》（美女）顔色無し(2)

　後宮の佳麗（美女）三千人、三千の寵愛《ちょうあい》一身に在り(3)

楊貴妃はグラマー美人で、井上靖の『楊貴妃伝』に、ライバルの梅妃《ばいひ》が「肥《ふと》った豚！」と罵《ののし》る場面があります。

私も妻と初デートの時、正直な人が好きだというので「佐藤さん（妻の旧姓）、ちょっと太ってますね」と言ってしまいました。あの時「楊貴妃みたいですね」と言えていたら、違う今があったかもしれません。

さて、貴妃の色香に溺れた玄宗は、政治を人任せにし、異民族の将軍安禄山（35頁注2参照）の反乱を招きます。

都長安は賊軍に占領され、楊貴妃も脱出の途上で処刑されます。反乱の元凶である楊貴妃一族を処刑してくれなければ、これ以上陛下をお守りできませんと、護衛の将兵に迫られ、玄宗はやむなく貴妃の処刑を認めたのです。

大唐帝国を傾けたこの事件は、『源氏物語』の冒頭、桐壺の巻にも引かれています。帝《みかど》は桐壺の更衣《こうい》（光源氏の母）一人だけを愛したので、皆が「楊貴妃の例《ためし》」を引き合いに出して、世が乱れるのでは、と心配した、とあります。

このように平安貴族が重んじた白楽天の文学ですが、そこには「長恨歌」のような華麗な作品ばかりでなく、硬派な政治批判、社会風刺の作品も多くみられます。その代表作が五十編の連作長編詩「新楽府《しんがふ》」です。

例えば「新豊《しんぽう》の臂《うで》を折りし翁《おきな》」という詩は、辺境での戦争を非難する作品です。

翁（じいさん）は八十八歳。左腕が折れている。わけを訊《き》くと「若い頃戦争があった。何万人も徴兵されたが、一人も生還者はいない。だから石で自ら左腕を折ったのだ」と。……

無益な戦争を仕掛けたロシアには今も同じような若者がいるのではないでしょうか。

一〇〇八年、紫式部は、白楽天の「新楽府」を一条天皇の后彰子《しょうし》（藤原道長の娘）に進講します。

式部の父藤原為時《ためとき》は、一流の漢学者でした。「門前の小僧習わぬ経を読む」といいますが、式部はいつしか男の学問である漢詩文にも造詣を深めます。秘密にしていましたが、噂が漏れ聞こえ、「新楽府」の進講を命ぜられたのです。

一条天皇は自ら多くの漢詩を作るほど、漢詩を愛好しました。皇后の彰子もきっと、当時貴族の間で尊重されていた、白居易の作品を幅広く知りたい、と思っていたことでしょう。そこで、紫式部に白羽の矢が立ったのです。

『源氏物語』少女《おとめ》の巻で、光源氏は、元服した息子を低い官位に留め、本来ゆく必要がない「大学」に入らせます。それは次のように考えてのことでした。

名門の子弟でも、落ちぶれると軽蔑され、頼りもなくなってしまう。やはり、学問を基本としてこそ、実務の才の世に重んぜられることも確実でしょうから。

傍点部の原文は、

なほ、（漢学の）才《ざえ》をもととしてこそ、大和魂の世に用ゐらるる方《かた》も強うはべらめ

「大和魂」は、実務の才、気働き、というほどの意味です。

しかし、いくら「実務の才、気働き」があっても、背骨となる漢学の才がなければ、世の重し（国を支える人材）にはなれない。これが光源氏（紫式部）の教育観でした。和魂と漢才、実務と哲学が、共に必要、という指摘は、今の時代にも通用する、不変の真理ではないでしょうか。

「日本人にはちょっと哲学が不足している。」そう光源氏（紫式部）は考え、息子を大学に入れたのです。その哲学的側面を支え補ってくれるのが、漢文学の教養でした。

このようにして、漢文学は、日本人の背骨（哲学）を形成してゆくのです。

注1、原文は「在天願作比翼鳥、在地願為連理枝」
2、原文は「回眸一笑百媚生、六宮粉黛無顔色」
3、原文は「後宮佳麗三千人、三千寵愛在一身」

華清宮の楊貴妃像

一将功成りて万骨枯る

二月十九日頃から二十四節気の「雨水」。雪が春の雨に変わり、田畑も潤いを取り戻す頃。そろそろ農作業の準備が始まります。

日本は雪解けの時期ですが、ユーラシア大陸の西北は厳寒の冬。

二〇二二年二月二十四日、ロシア軍が侵攻し、欧州の穀倉と呼ばれたウクライナは、戦場と化しました。その影響は全世界に及び、同年夏には、私が日ごろ愛飲している豆乳パックも減量されました。戦争による物価高。地球世界は連動していることを身近に感じます。

二十世紀には二つの世界大戦があり、私はうかつにも、もう大戦争は起きないと思っていました。この戦争が「プーチンの戦争」なのだとすれば、その権力者が倒れなければ、戦争は終わらないのでしょうか。しかし、一人の権力者（将軍）が戦果を誇る時、そのかげでは無数の人々の骨が朽ち果てます。

一将功成りて万骨枯る

この言葉は、戦争の本質を突いています。

九世紀後半、唐で起きた反乱（黄巣《こうそう》の乱）は、人々から平和と幸福を奪い、帝国滅亡の契機となりました。しかし、戦乱に乗じて手柄を立てようとする者も現れます。ウクライナの戦争でも、背後で「儲けている」者がいるはずです。曹松は「己亥《きがい》の歳」（八七九年）の詩で、そうした野心を戒める警句を発したのです。

君に憑《よ》る　話《かた》る莫かれ　封侯の事、一将功成りて万骨枯る(1)

頼むから君、手柄のことなど話さないでくれ。一人の将軍が手柄を立てるとき、その背後では無数の人骨が朽ち果てているのだ。

いったん戦争が起こると、最も被害を受けるのは、一般の人々です。昔も今も変わりません。農民は兵士として強制的に駆り出されました。

そんな農民兵士の心境を、杜甫は「兵車行《へいしゃこう》（戦車のうた）」の詩で、こう詠《うた》っています。

皇帝陛下は辺境の開拓にご執心。農民は徴兵され穀倉地帯の村は荒れ放題。われら兵士は容赦なくこき使われ、犬や鶏と同然の扱いだ。

傍点部の原文は、

駆らるること犬と鶏とに異ならず(2)

為政者にとっては、兵士など家畜や機械も同然の「消耗品」です。尊厳も人権もありません。第二次世界大戦の日本軍しかり。今のロシア軍もしかり。

一方、世界自然保護基金（ＷＷＦ）の「生きている地球レポート２０２２」によれば、一九七〇年から二〇一八年の間に、生物多様性の豊かさを測る数値は六九％も減少。二〇二一年には四万種以上の野生生物が絶滅危惧種に指定されています。二〇〇〇年には一万一千種でしたから、二十年間で約四倍に激増したのです。

その原因は、ほぼ人間活動によるものと言います。私たちが現代文明の恩恵に浴し「普通に」くらしていることが、地球の生物を絶滅させているのです。しかもその事実に、私たちは何と鈍感でいることでしょうか。

地球上で人間だけが独り勝ち。生物多様性は危機に瀕《ひん》しています。これも「一将功成りて万骨枯る」でしょう。多様な生物と共生できる道を、早急に探さなければいけません。地球温暖化（沸騰化）も「待ったなし」です。戦争をしている場合か、とプーチンに言いたいです。

ドイツの哲学者カント（一七二四〜一八〇四年）は、一七九五年の「永遠平和のために」で、三権が分離した共和国（民主主義国）の市民は必ず戦争を回避する、と述べました。共生こそ正義であり、「道徳や法を優先して政治を行う人物」が必要だと。

逆に、「政治を優先し道徳を無視する人物」は「あってはならない政治家」だとカントは言います。そうした人物の特徴は、

国益と称して道徳を書き換え、暴力を手にしたら、自分は法律を無視してよいと考える。他国が弱体と見れば、略奪・支配に乗り出し、横暴な詭弁《きべん》を弄《ろう》しつつ、人道を踏みにじる。その原理は「まず実行し、あとで言い繕《つくろ》え」。「間違いを犯したら、責任は他者に転嫁せよ」

正《まさ》にプーチン氏ではないか。

倫理学では「共生こそ正義」、「他者抹殺が悪」とされます。「他者」のなかには、人間以外の生物を含めてもよいでしょう。

カントは、悪と同様、良心も、人間に根源的なものと見ました。

他者や自然環境との共生。この良心的ヒューマニズムの実践が、今ほど求められている時

はないと思います。

注1、原文は「憑君莫話封侯事、一将功成万骨枯」
　2、原文は「被駆不異犬与鶏」

桃と雛祭り

三月三日は桃の節句、雛《ひな》祭りです。店頭には豪華な雛人形が並びます。高価なものが多いようですが、子や孫の成長を願い、買ってあげるのでしょう。

雛祭りの時期は、旧暦と新暦では一ヶ月ほどずれが生じます。旧暦の三月三日は、新暦では四月ですから、桃の開花期にあたります。

桃は中国の黄河上流、高山地帯が原産地です。伝説では崑崙《こんろん》山の女神西王母《せいおうぼ》が、皇帝に与えた不老不死の仙果が桃。生命力を象徴するパワーフルーツです。だから、桃から生まれた桃太郎は、鬼をみごとに退治しました。

中国最古の詩集『詩経』に、結婚を祝う「桃夭《とうよう》」という詩があります。目加田誠氏の名訳でご紹介しましょう。

桃は若いよ　燃え立つ花よ　この娘《こ》　嫁《ゆ》きゃれば　ゆく先よかろ

桃は若いよ　大きい実だよ　この娘　嫁きゃれば　ゆく先よかろ
桃は若いよ　茂った葉だよ　この娘　嫁きゃれば　ゆく先よかろ

桃の花や実、葉も取り上げて、若い娘が嫁ぎ先に幸福をもたらすことを言祝《ことほ》ぐ詩です。

原文一行目の書き下し文は、

桃の夭夭たる、灼灼《しゃくしゃく》たる其《そ》の華《はな》。之《こ》の子《こ》于《ゆ》き帰《とつ》ぐ、其の室家（嫁ぎ先）に宜しからん(1)

われわれの披露宴でも、仲人を引き受けてくれた恩師がこの詩を朗詠してくれました。懐かしい思い出です。

桃は縄文時代（約六〇〇〇年前）には日本へ伝わり、祭祀《さいし》にも用いられたようです。

『古事記』では、黄泉《よみ》の国を訪れたイザナギの命《みこと》が桃の実を投げつけ、迫る黄泉国の軍勢を追い払いました。変わり果てた妻イザナミを見て恐れをなし、逃げ帰る途中の出来事です。

私もためしに桃の実をポケットに入れてみましたが、妻の小言には効かないみたい……。

『万葉集』では、大伴家持の歌が有名です。七五〇年三月一日、庭の桃を眺めてこう詠みました。

春の園紅《くれなゐ》にほふ桃の花　下照《したで》る道に出で立つ娘子《をとめ》

「春の園を紅色に輝かす桃の花。その木陰まで照り輝く道に、たたずむ少女よ。」

正倉院の「樹下美人図」（「鳥毛立女屏風《とりげりつじょのびょうぶ》」など）を思わせる歌ですね。

そうした女児の健やかな成長を願う行事が「雛祭り」です。

古代中国には、陰暦三月の最初の巳《み》の日（上巳《じょうし》）に、水辺で禊《みそ》ぎし、酒を飲んで厄《やく》をはらう風俗がありました。やがて貴族の「曲水の宴」に発展します。

「曲水の宴」は、庭園を曲がりながら流れる「曲水」に皆が集い、上流から流された盃（さかずき）が前を通り過ぎないうちに詩を詠む、優雅な遊びです。

三五三年三月三日、浙江省会稽《かいけい》山の蘭亭に四十数名が集い、曲水の宴を開きました。それを記念して書聖王羲之《おうぎし》が書いた「蘭亭の序」は、行書の神品として知られています。

上巳の風俗や曲水の宴は、日本でも奈良から平安初期に隆盛し、貴族の年中行事になりました。今でも平泉や京都、大宰府など、各地で行われています。

『源氏物語』の須磨の巻にも、須磨に流された光源氏が上巳の日に陰陽師《おんみょうじ》を呼び、大きな人形《ひとがた》を舟に乗せて海に流す場面があります。人形で体をなでて汚《けが》れを移し、川や海に流してお祓《はら》いをしたのです。

この厄除《よ》けの人形が、次第に美しい人形《にんぎょう》となり、女児の節句になりました。江戸初期には男女一対の立雛《たちびな》や座り雛ができ、やがて武家の嫁入り道具になると、ぜいたくな御殿飾りが作られるようになります。

子供の健やかな成長や幸福を願う気持ちは今も同じです。

新暦では桃の開花はまだ少し先ですが、心に花を咲かせて、どうぞ楽しい雛祭りを迎えてください。

注1、原文は「桃之夭夭、灼灼其華。之子于帰、宜其室家」

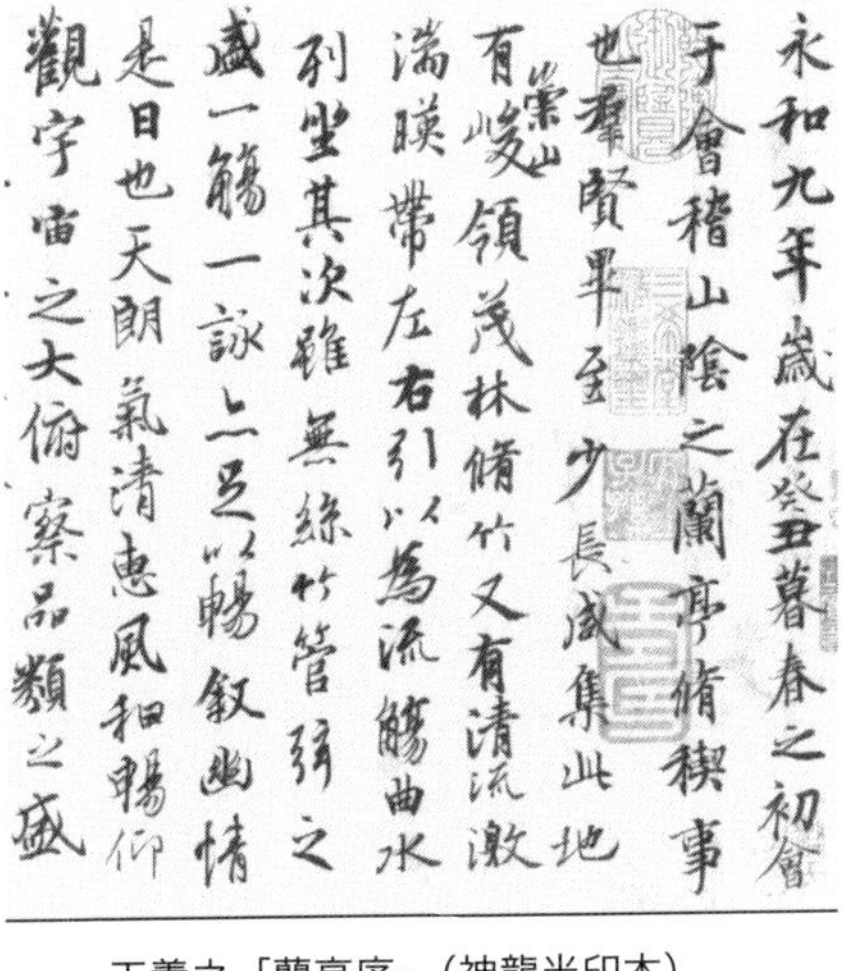
永和九年歳在癸丑暮春之初會
于會稽山陰之蘭亭脩稧事
也群賢畢至少長咸集此地
有崇山峻領茂林脩竹又有清流激
湍暎帶左右引以為流觴曲水
列坐其次雖無絲竹管弦之
盛一觴一詠亦足以暢敘幽情
是日也天朗氣清恵風和暢仰
觀宇宙之大俯察品類之盛

王羲之「蘭亭序」（神龍半印本）

デジタル人材と教育

三月五日頃から二十四節気の「啓蟄《けいちつ》」です。冬のあいだ土の中に籠もっていた虫が、穴を啓《ひら》いて地上に出てくるころ。今回は、そんな「虫の知らせ」を記したいと思います。

日本の教育は今、その目的を歪《ゆが》められつつあります。これまで主に、幼小中高の先生方によって支えられてきました。

例えば、二〇二二サッカーワールドカップ。試合後の会場を清掃する日本人サポーターを、世界が称賛してくれました。この美徳の背景には、児童生徒が学校を掃除する、日本独自の教育観があります。

古くは禅寺の修行にさかのぼる伝統でしょう。台所仕事や掃除など、「日常の作務《さむ》はすべて修行」というのが禅の教えです。

教育基本法（第一条）には、次のように教育の目的をうたっています。

教育は、人格の完成をめざし、平和的な国家及び社会の形成者として、真理と正義を愛し、個人の価値をたっとび、勤労と責任を重んじ、自主的精神に充ちた心身ともに健康な国民の育成を期して行われなければならない。

「人格の完成をめざす」これが教育の目的です。

しかし、今の政府や文部科学省はこの原点を歪めていないでしょうか。政治経済的な価値基準の、教育への押しつけが目立ちます。教育の目的は「人格の完成」ではなく、いつしか「人材の養成」に変わりました。

「人格」は「主体としての個人」、「個人としての在り方」のことです。ですから、唯一無二。他者との交換はできません。

これに対して「人材」は、「何かの目的に役立つ人」のこと。「材料や部品としての人間」ですから、同じ機能を果たす他者と、いつでも交換可能です。いわば「消耗品」。しかも、その何か（教育の目的）は「時の政財界が決める」というのが、今の風潮になっています。この点に大きな問題があります。

今は「デジタル人材の養成が急務」とされ、「稼ぐ人がよい人」になりました。「デジタル化」や「稼ぐこと」が、教育の目的であるかのような誤解が広がっています。

しかし、教育の目的は「人格の完成」です。「デジタル化」や「稼ぐこと」は、生活の「手段」にすぎません。もしそれが教育や人生の「目的」になってしまったら、本末転倒。目的と手段とがひっくり返った、詭弁《きべん》と言わざるを得ません。生きてゆくためにお金は必要です。しかし、お金のために生きているのではない、ということです。

さて、デジタルの本質は「非連続」ということです。一方のアナログは「連続」。スマホやタブレットを使いこなす妻は、わが家のデジタル大臣です。「先生」になってくれるはずの子供がいないので、私は完全においてけぼりのアナログ派ですが、そもそも「血の通う人体はアナログ的なもの」でしょう。

「文部省」は、二〇〇一年の省庁再編で「科学技術庁」と統合され、「文部科学省」になりました。「文部(教育)」と「科学技術」は、元来まったく異質なものですが、これが統合されてしまい、「教育」が「科学技術」に飲み込まれる傾向が強まっています。さらに、二〇二一年にはデジタル庁も新設されました。

本来、文系理系を問わず、学術の目的は「真理の探究」です。しかし、昨今は「科学的真理」よりも、「技術的進歩」の側面が重視されます。

技術とは、「何かに役立つ」道具知のこと。その「何か」を決めるのは、科学以外の基準、政治や経済の場合が多いようです。省庁再編以降、その傾向が強まりました。

省庁再編にともない内閣府に設置された「総合科学技術・イノベーション会議」。「稼げる大学」を提唱し、二〇二〇年には「ムーンショット目標」を決定しています。その「目標一」に「二〇五〇年までに、人が身体、脳、空間、時間の制約から解放された社会を実現」とあります。複数の人が遠隔操作する多数のアバター（仮想空間上の分身）とロボットを組み合わせて、仕事をするのだといいます。

もし少年時代の私がこれを知ったら、「すごいな、未来が楽しみ！」と思ったことでしょう。しかし、初老の年齢にさしかかった今では、「人間はアナログな身体を捨て、ＡＩ（人工知能）になってしまうのか」と心配です。

コスパ（コストパフォーマンス）やタイパ（タイムパフォーマンス）など、経済効率の観点から見れば、ＡＩの活用は確かに効果的でしょう。しかし、人間の思考力や人格の完成という観点から見れば、考える力の低下や、人格の分裂、崩壊が危ぶまれます。そうした懸念をよそに、教育界に対し「成長分野における即戦力の人材養成」を求める政策が進められています。

教育に限りません。研究も同様の状況です。

中長期的な視野から真善美を追究する学術研究が、政治経済とは異なる価値基準に立つものであることは明らかです。しかし、政府は日本学術会議に対し、問題意識や時間軸の共有、第三者委員会の設置等を求めています。政財界の価値観を学術研究に介入させようとする意図からでしょう。

さらに、文系的学問への軽視が目立ちます。文系の学問が「思考力の育成や人格の完成」に「役立つ」ことはもちろんですが、それは「国家戦略」や「金儲け」には繋がりにくい。ましてや、軍事戦争や経済戦争に役立つ人材の育成など、尚更です。むしろ、反対派を育てることに繋がるでしょう。「いったん立ち止まって、時流に待ったを掛ける」ことが、哲学・歴史・文学など、文系的学問の本質であり、使命でもあるからです。文系的な知を軽んずることは、ブレーキの効かない車に乗るようなものなのです。

しかし「国際競争に打ち勝つため」と称して「理系型人材」重視の政策が推し進められています。二十世紀半ば、太平洋戦争の末期に、文系の学生が学徒出陣(1)に駆り出された過去が思い起こされます。

しかし、世の主流がそちらとすれば、逆に「文系・アナログ」的な「ふれあいの手仕事」が、その大切さを再認識され、価値を高めてゆく動きも出てくるはずです。

例えば、クラシック音楽の生演奏を聴くと、手仕事の素晴らしさを実感します。茶道における「茶室の時空」も、正に「手仕事の世界」です。

こうした手仕事、「手の技術」によって生み出されたものは、とても「人間味」にあふれていて魅力的です。名品と呼ばれる茶碗を見ていると、自分もこんな人間になりたい、と思う瞬間があります。

そんなアナログ愛好家の私が、今後のデジタル社会に期待することは、二人三脚で歩んでほしい、ということです。

「デジタル技術を身につけた人材」が、その技術を手段としながら、アナログな人間的ふれあいを、一層深めることを目指し、手仕事の魅力をさらに広めることに貢献する、そんな未来になればいいな、と思います。

冬ごもりを終えた虫たちの声に耳を傾けてみると、どうやら今、日本の教育・研究は、その目的を歪められつつあるようです。今こそ「立ち止まって、じっくり考える」べき時。デジタルやお金は、もちろん生活の大事な手段です。でも目的じゃないよ。そう、虫が知らせてくれました。

注1、学徒出陣……太平洋戦争の末期、一九四三年に、法文科系の学生や生徒の徴兵猶予を取りやめ、陸海軍に入隊・出征させたこと。その内の多くが、神風特別攻撃隊として、米軍の空母や艦船に体当たり攻撃を行った。

論語と算盤

二〇二四年から新一万円札が登場します。顔は渋沢栄一。今回は渋沢の話をしましょう。渋沢栄一（一八四〇〜一九三一年）は、幕末から昭和にかけて、多くの企業、団体、大学等の設立、運営に関わりました。関連企業の数は約五百。女子教育や国際交流にも尽力した、日本資本主義の父と呼ばれる人物です。

一九二八年刊の『論語と算盤《そろばん》』は、渋沢の名著として知られています。「道徳と経済の一致」を唱え、企業家精神の根本を説いています。

（国の）富を成す根源は……仁義道徳、正しい道理の富でなければ、その富は完全に永続することができぬ」「（金は）善人がこれを持てば善くなる。悪人がこれを持てば悪くなる」。

商業道徳の根本は「信の一字」だと渋沢は言います。孔子も

民《たみ》、信なくんば立たず

「民衆からの信頼がなければ、政治は成り立たない」と述べました（『論語』顔淵篇）。

家庭生活も同じでしょう。骨董好きの私は妻に内緒で、ついインターネットの注文ボタンを「ポチッ」と押してしまうことがあります。そんなことが度重なって、今ではすっかり信用を無くしてしまいました。

それでも何とか家庭生活が成り立っているのは、ひとえに妻の寛容さのおかげです。骨董バカの私にあきれて、妻はテレビの「開運！　なんでも鑑定団」を見るのが大好き。私以上の「バカ」が登場するので、気持ちが落ち着くのだそうです。

閑話休題。新聞やテレビのニュースを見ていると、自己の利益のみを図った浅ましい企業家の汚職がしばしば伝えられます。二〇二〇東京五輪の舞台裏もそうでした。オリンピックを「金儲けのチャンス」としか考えない者たちがいるのです。戦争も同じでしょう。

渋沢はこう言っています。

成功や失敗のごときは、ただ丹精（心を尽く）した人の身に残る糟粕《そうはく》（酒かす）」である。「現代の人の多くは……モット大切な天地間の道理を見ていない、かれらは実質（誠意をもって働く）を生命とすることができないで、糟粕（かす）に等しい金銭財宝を主としている。

今話題の「アントレプレナーシップ教育」。「アントレプレナー」とは、事業を起こす人。「起業家精神の教育」を言います。

経済再生の鍵となる人材の養成をめざして、国や文部科学省が、これを推進しています。おそらく渋沢栄一こそは、日本近代史上最大のアントレプレナーでしょう。

しかし、渋沢は「稼ぐ人が良い人」などとは、決して考えませんでした。

『論語』にこうあります。

道理に背いて金持ちになり、高い身分につくのは、私（孔子）にとって浮雲のよう（にはかないもの）だ。

不義にして富み且《か》つ貴きは、我に於《お》いて浮雲の如《ごと》し（述而篇《じゅつじ》）

企業家には「士魂（武士的精神）と商才」が必要であり、それらを育む、実践道徳の根本が、『論語』に説かれている、と渋沢はいいます。

その『論語』に学び、乱世を太平に導いた武将が、徳川家康（一五四二〜一六一六年）です。将軍退任（在職一六〇三〜一六〇五）の際の遺訓（東照宮御遺訓）に、こう述べています。

人の一生は重荷を負うて遠き道を行くがごとし。急ぐべからず。不自由を常と思へば不足なし。心に望み（欲望）起こらば困窮したる時を思ひ出すべし。堪忍は無事長久の基《もとい》、怒りは敵と思へ。勝つ事ばかり知りて、負くる事知らざれば、害その身に至る。おのれを責めて人を責むるな。及ばざる（不足）は過ぎたるより勝れり。

これを指針に、家康は天下泰平を実現しました。「（遺訓の）大部分は論語から出た」と渋沢は言います。さらに、

世の進歩にしたがって欧米各国から新しい学説が入って来るが……東洋の数千年前に言っておることと同一のものを、ただ言葉の言い廻《まわ》しを旨《うま》くしているに過ぎぬと思われるものが多い」「東洋古来の古いものの中にも棄《す》て難い者のあることを忘れてはならぬ。」

とも述べています。

あるべき未来への見識は、優れた過去に学ぶことで養われる。まさに「故《ふる》きを温めて新しきを知る」、「温故知新」（『論語』為政篇）です。

起業家教育には、ぜひ『論語と算盤』を。士魂商才を養ってほしいと思います。

さあ、自然に帰ろう！

三月二十一日頃から二十四節気の「春分《しゅんぶん》」です。二十一日は「彼岸の中日」。その前後三日を合わせた七日間を「彼岸」と呼びます。「春分の日」を中日とする春の彼岸と、「秋分の日」を中日とする秋の彼岸があります。

彼岸の中日（春分・秋分の日）には、昼と夜の長さがほぼ同じになります。二十四節気のなかでも重要な節目。「暑さ寒さも彼岸まで」と言うように、生物にとっても過ごしやすい季節を迎えます。

「春分の日」は、一九四八年に「自然をたたえ、生物をいつくしむ」ための祝日に制定されました。

私がたしなむ茶道の稽古では、毎回先生が違う花を活《い》けてくれます。多くは稽古前に先生が近くの野山へ出て摘んでくださった草花です。

床の間に活けられた草花の名前を知ると、それまで「雑草」にすぎなかった草花が、とたんに存在感を増し、心まで豊かになった気がします。それが嬉しくて、私も野に出て草花を摘み、楽しむ習慣ができました。

さて、国際自然保護連合（ＩＵＣＮ）の「レッドリスト二〇二一」によれば、今知られている生物は約二一三万種だそうです。その約半数が昆虫、植物が約二割。脊椎《せきつい》動物が三・五％。その内、ヒトを含む哺乳類は六五七二種、〇・三％です。地球の仲間たちは実に多種多様、地球は「生物多様性」にあふれています。しかし、その多様性は今、危機に瀕《ひん》しています。

本川達雄著『生物学的文明論』によれば、動物は心臓が十五億回打つと死ぬようにできているようです。ゾウもネズミも同じ。ヒトの場合は、だいたい四十一歳で打ち止めです。それ以後は、科学技術の恩恵で延びた「おまけの人生」。実際、縄文人の寿命は三十一歳。一九四七年でも五十歳（男性）でした。今では「おまけの人生」が随分たくさん付くようになりました。

四世紀後半の詩人陶淵明（↓詩人紹介）は、役人務めが嫌になり、四十一歳で辞職して郷里へ帰りました。この際に書いた詩が、有名な「帰去来兮辞《ききょらいのじ》」です。その冒頭はこう始まっています。

さあ帰ろう！　故郷の田園が荒れ果ててしまいそうなのに、どうして帰らずにおられようか。これまでは生活のため、精神を肉体の奴隷としてきた。……過去のことは変えられないが、未来のことはまだ間に合う。

傍点部の原文は、

帰りなん、いざ！　田園将《まさ》に蕪《あ》れなんとす、胡《なん》ぞ帰らざる(1)

四十一歳での脱サラ。「おまけの人生」は、生活（お金）のためではなく、精神の充実のために使おう、と決意したのです。

今でも都会から地方へ移住した人たちの中には、同じように考えて決意した、という方も多いのではないでしょうか。

さて、田園に帰った淵明さん。故郷での暮らしをこう詠っています（「園田の居に帰る」其の一）。

庭先に汚れた俗事はなく、さっぱりと片づいた部屋では、ゆったり閑《しず》かな時が流れる。

ああ、長く（役人となり）鳥籠の中に閉じ込められてきたが、またこの自然の中に帰ってこられたのだ。

戸庭　塵雑無く、虚室　余閑有り。久しく樊籠《はんろう》の裏《うち》に在りしも、復た自然に返るを得たり（2）

その「自然」に対して、二つの代表的な見方があります。

一つは「自然は物質にすぎない」という見方、「機械的自然観」です。この見方によれば、自然とは「機械的な因果の法則に支配されたものであり、人間が利用すべき搾取の対象である」ということになります。

弱肉強食の生存競争の中で、人間は圧倒的な知（科学技術）の力によって、自然の支配者となりました。この「傲慢な」支配者意識は、十七世紀の科学革命と、その技術的工業化によって助長され、あたかも感染病のように、その後、世界に蔓延し、今や地球の生物多様性を脅かすに至りました。

もう一つは「自然は生命《いのち》である」という見方、「生命的自然観」です。この見方によれば、自然とは「人為を超えて自《おの》ずから生成変化する、生命に満ちた活動である」ということになります。

人間はその美しい豊かな恵みの中で生かされ、他の生物と共生し、その大きな生命活動へ、調和的に関わります。それは「人間は自然の中の一被造物に過ぎない」と考える、「謙虚な」被造者意識に繋がってゆきます。これこそ、陶淵明の帰った「自然」にほかなりません。

この二つの自然観は、人間に害悪をもたらす「荒ぶる自然」と、生きる糧を与えてくれる「恵みとしての自然」という、自然の二面性、二つの姿と連動しています。なぜなら、「荒ぶる自然」から自己を守ろうとするのは、生物として当然ですが、それが行き過ぎると、自然を思うまま利用し、搾取しようとする、「機械的自然観」に行き着くからです。

さらに、この二つの自然観は、人間の「内なる自然」、つまり「内面的な本性」とも連動しています。

自然を「支配や搾取の対象」と考える「傲慢な意識」は、「人間の本性は悪である」とする性悪説に繋がるものです。一方、自然を「共生すべき美しい恵み」と考える「謙虚な意識」は、「人間の本性は善である」という、性善説に繋がります。

どちらの関わり方がよいのか、今立ち止まって、真剣に考えるべき時が来ています。

さあ、春も本番です。我々も「帰りなん、いざ！　自然へ」。鳥啼《な》き、花咲く野辺に出て、自然の恵みに感謝しながら、「詩人の感性」を磨こうではありませんか。淵明さんのように。

注1、原文は「帰去来兮、田園将蕪胡不帰」

2、原文は「戸庭無塵雑、虚室有余閑。久在樊籠裏、復得返自然」

旅立ちと惜別の時

一年前の四月五日、「清明節」の題で初回を書きました。今日は最終回です。森山直太朗の「さくら」に「♪さくらさくらさくら今咲き誇る……さらば友よ旅立ちの刻《とき》」と。「旅立ちの刻」は「惜別の時」でもあります。

二〇〇八年の秋、私たち夫婦は杭州の大学に半年間滞在して、日本語を教えました。私と違い人気のあった妻は、惜別の時、クラスの学生たちと「さくら」を合唱。忘れがたい思い出になったようです。

一八九五年の春、正岡子規は、松山に行く漱石を見送り、漢詩「夏目漱石の伊予に之《ゆ》くを送る」を詠みました。

「去《ゆ》けよ、三千里」―さあ行きたまえ！　三千里のかなたへ。夕暮れに君を見送れば寒さが身に沁《し》みる。空にそびえる大きな山、海の涯まで連なる波を越えて（君は行く）。

田舎に着けば友もなく、いたずらな生徒の教育には苦労するだろう。清明節にはきっとまた会おう、晩春の花が散る前に。

後半の訓読文は、

僻地《へきち》交遊少《まれ》に、狡児《こうじ》教化難《かた》からん。清明再会を期す、後《おく》るる莫《な》かれ晩花の残《そこな》はるるに(1)

四月九日の赴任後、二十八歳の英語教師漱石は、子規の予想通り、旧制中学の「狡児」たちに苦労します。しかし、そのおかげで小説『坊っちゃん』の材料を得ました。

子規も同年四月、日清戦争の従軍記者として、広島宇品港から中国大陸へ旅立っています。若い時の苦労は、人生の貴重な宝。慣用句に「若い時の苦労は、買ってもせよ」と言う通りです。

中国の古典『菜根譚《さいこんたん》』(2)は、深く噛《か》みしめるべき人生の英知に満ちた本です。授業で学生と読んだ文にこうありました。

人はいつも耳に逆らう言葉を聞き、思い通りにならぬ事があってこそ、人格を磨く砥石《といし》となる。もし耳を悦《よろこ》ばせる言葉、心を満足させる事ばかりであったら、その人の人生を猛毒の中に埋めることになる。(5)

これを読み、私は妻のありがたみを噛《か》みしめました。

本（釈宗演著『菜根譚講話』）の解説には、次の逸話も紹介されています。江戸時代、会津藩の殿様が、儒学者の山崎闇斎《あんさい》（一六一八〜一六八二年）に「先生の楽しみは何ですか」と尋ねました。「三つあります」と闇斎。

人間に生まれた事。世が平和で学問ができる事。三つ目が最大の楽しみで、大名に生まれなかった事。

不審に思った殿様がわけを訊《き》くと、闇斎はこう答えました。

大名は奥御殿に生まれ、婦人の手で育ち、側近は何でも『ごもっとも』とゴマをする。それで結局『立派な馬鹿殿にされて終《しま》ふ』。私のように卑賤《ひせん》な者は、周囲からいつもお叱りや忠告を受けてばかり。おかげで自然に徳行を修め才能を研《みが》けます。

「バカ殿」役でも人気だったコメディアンの志村けんさん。コロナ禍で亡くなったのが二〇二〇年の三月二十九日でした。その訃報の衝撃により、多くの日本人が、新型コロナという感染症がたいへん深刻な病気であることを、強く自覚しました。

そのコロナ禍やウクライナの戦争によって、世界や日本、我々の身近な生活までが、大きな変化に見舞われました。世界が変化するスピードは、ＡＩ等の技術革新によって一層はまり、今や十年先、いや一年先の世界を見通すことも難しいほどです。

しかし、そうした世界の激変、表層の荒波に揉まれながらも、我々は、水面下の深海に、いつも変わらず、ゆったりとした静かな水が満ちて在ることを、忘れてはいけないのだと思います。

クラクションが鳴り止まない都会の喧噪の内に生活していても、心の中にはいつも、禅寺の僧坊のような、深い静寂と瞑想を抱きつつ暮らすことが、大切ではないでしょうか。

その「心の僧坊」や「深海の水」は、自然の恵みや、先人の英知に育まれた、豊かな感性や深い思い、良き人間性の、象徴にほかなりません。それはやがて、表層の現象に惑わされず、深層の本質まで見透す「心の眼」となって、自分の歩むべき道を教えてくれるはずです。

しかし、そうした心の眼、感性や英知、人間性は、促成栽培することができないもの、各自がじっくり時間をかけ、先人の智恵や、自然と触れ合いながら、少しずつ心の中に育成し、磨いてゆくほかないものです。

そのような「熟成」によってしか、人間の原点は築くことができません。

私たちは、そのようにして育んだ原点（心の眼）に、常に立ち返りながら、一人一人が、ありのままの自分を磨き、個性の花を咲かせたい、そのように願ってよいのではないでしょうか。それが、かけがえのない自己の人生を充実させ、生命《いのち》を輝かせる、秘訣であるように思います。

ありのままの自分を磨き、自己を大切にすることは、真に豊かな世界を築き、多様な生物と共生する地球を守ることにも、繋がってゆきます。

自己を知り大切にすることは、他者や世界を知り大切にすることと、同じなのです。

本書の二十四節気の旅は、これにておしまいです。「惜別の時」が来ました。

どうぞ皆さん、今日からまた、新しい二十四節気の旅へ、お出かけください。一路平安を祈ります。再見《ザイジエン》！

注1、原文は「僻地交遊少、狡児教化難。清明期再会、莫後晩花残」

2、『菜根譚』……三五七条の短文からなる中国の随筆。明の洪応明著。仕官中の保身の智慧や、山林閑居の楽しみを、儒教・道教・仏教の思想を交えた立場から述べたもの。中国よりも日本で愛読された。

詩人紹介

屈原……（前三四二？～前二八三年？）。戦国時代末期の楚の文人。名は平《へい》、字《あざな》（呼び名）は原。楚（長江中流域の国）の王族に生まれ、懐王・頃襄《けいじょう》王に側近として仕えた。博学多識で政治にも明るく、外交にも長《た》けたが、妬まれて失脚。自伝的長編「離騒」を作り、その怨みを詠じた。頃襄王が即位すると、宰相（王の弟）の讒《ざん》言にあい、江南に流された。前二七八年、秦の将軍白起により楚の都郢《えい》が陥落すると、屈原は洞庭湖をさまよい、滅亡の危機に瀕《ひん》する祖国を憂いながら、湘《しょう》江の支流汨羅《べきら》江に身を投じて自殺した。

宋玉……生没年不詳。紀元前三世紀頃、戦国時代末期の楚の文人。屈原から辞賦（文学様式の一つ）を学んだ弟子といわれ、屈宋と併称された。作に「九弁」「神女の賦」「高唐の賦」など計十三編を数えるが、「九弁」以外は後人の偽託とされる。

陶潜（陶淵明）……（三六五～四二七年）。東晋の隠逸《いんいつ》詩人・田園詩人。名は潜、淵明はその字。一説に、名は淵明、字は元亮《げんりょう》とも。日本では一般に「陶淵明」の名で知られている。江州（江西省九江市）尋陽柴桑《さいそう》県の人。先祖は東晋の名族であったが、淵明の頃にはすでに没落しており、若い頃は不遇な官僚生活を送った。就いた官職はいずれも短期間で辞めている。四十一歳の時、郷里に近い彭沢《ほうたく》県の長官になったが、妹の訃報に接して辞職、郷里に帰った。この際に詠んだのが「帰去来兮辞《ききょらいのじ》」である。その後は一貫して故郷の田園に暮らし、詩作と農耕の日々を送った。

李白……（七〇一〜七六二年）。杜甫とともに中国を代表する詩人。字は太白。号（ペンネーム）は青蓮居士《せいれんこじ》。五歳の頃、西域《せいいき》から蜀（四川省）に移住。父は異民族の交易商という。二十四、五歳から各地を歴遊し、四十二歳で長安へ出て、玄宗皇帝に仕えた。阿倍仲麻呂とも交流したが、宮廷生活の枠に収まらず、三年ほどで放逐された。その後、洛陽で杜甫と知り合い、河南・山東を共に旅した。安史の乱（七五五年〜）では永王李璘《りん》（玄宗の息子の一人）の水軍に参加したが、朝廷から反乱軍に加担したと見なされ、投獄される。その後、夜郎（貴州省）に流される途中で赦免され、長江の中・下流域で最晩年を過ごし、六十二歳で没した。

杜甫……（七一二〜七七〇年）。字は子美《しび》。河南省鞏《きょう》県（洛陽の東方）に生まれる。博学多識な大将軍として知られた杜預《どよ》（二二二〜二八四年）の子孫にあたり、祖父杜審言《としんげん》も則天武后朝（在位六九〇〜七〇五年）の宮廷詩人として有名であった。若い頃、長江下流域や山東半島一帯を歴遊。科挙に合格できなかったため仕官できず、結婚後も三十代半ばから十年程、長安で浪人生活を送った。安史の乱（七五五年〜）では反乱軍によって長安に軟禁されたが、脱出して粛《しゅく》宗の行在所《あんざいしょ》に駆けつけ、左拾遺《さしゅうい》の官を授けられた。粛宗に従い長安に戻るが、やがて華州の官へ左遷。飢饉に際して官を捨て、家族とともに蜀（四川省）の成都へ移住した。知人厳武《げんぶ》の推薦により検校工部員外郎《いんがいろう》となったが、厳武の死後、再び放浪の旅へ出る。沿岸の街に転居しながら長江を下り、最期は洞庭湖の南で、貧窮と病《やまい》のうちに没した。

白居易（白楽天）……（七七二〜八四六年）。中唐の代表的詩人。字は楽天。日本では「白楽天」の名で多く知られる。その作品集『白氏文集《はくしぶんしゅう》』は、平安朝以降の日本文学に大きな影響を与えた。河南省鄭《てい》州の生まれ。二十九歳で科挙の進士科に及第。やがて校書郎となり、三十六歳で長安近郊の県尉《けんい》（県の役人）となった際、有名な「長恨歌」を書いた。その後、皇帝側近の左拾遺《さしゅうい》に抜擢され、社会や政治の問題点を鋭く指摘する連作「新楽府《しんがふ》」五十首などを執筆。四十四歳、母の服喪を終えて官に復帰した際、宰相暗殺事件が勃発。これにいち早く意見書を奉ったことが越権行為と見なされ、江州（江西省）へ左遷された。名峰廬山に草堂を築いたのはこの時期である。やがて、地方長官を経て、長安に召還されるが、後にまた外任を求め、杭州や蘇州の刺史《しし》（長官）となった。晩年は洛陽に居を構え、七十一歳、刑部尚書をもって官を辞し、七十五歳で没した。

杜牧……（八〇三〜八五二年）。晩唐を代表する詩人。字は牧之《ぼくし》。京兆《けいちょう》府万年《まんねん》県（陝西《せんせい》省西安市）の人。魏晋以来の名門の家系に生まれ、『通典《つてん》』の撰《せん》者で三人の皇帝の宰相をつとめた杜佑《とゆう》の孫にあたる。科挙の進士科に合格した後、有力者の幕僚となって、長江沿岸の交易都市・揚州に赴任。この時期、花街に入り浸り、妓女《ぎじょ》（芸者）と歓楽にふけった。その後、一時監察御史《かんさつぎょし》となって長安に帰るが、四十歳以降は地方の刺史《しし》（長官）を歴任、五十歳の時に中書舎人《しゃじん》となって長安で没した。歴史にも造詣が深く、詠史詩など硬派な作品や、叙景詩にも優れた作品が多い。

欧陽脩……（一〇〇七～一〇七二年）。北宋の文学者・政治家。廬陵《ろりょう》（江西省）の人。字は永叔《えいしゅく》。酔翁・六一《りくいつ》居士《こじ》と号した。仁宗・英宗・神宗に仕えたが、王安石の新法（政治改革）に反対して引退した。北宋を代表する名文家で「唐宋八大家」の一人。詩を評論する「詩話」を初めて書いた。文壇の中心となり、蘇東坡など後進をよく引き立て、六十六歳で没した。

王安石……（一〇二一～一〇八六年）。北宋の政治家・文学者。臨川《りんせん》（江西省）の人。字は介甫《かいほ》。半山と号した。二十二歳で進士科に合格、地方官を歴任した後、神宗の信任を得て宰相となり、青苗法《せいびょうほう》など多くの新法（政治改革）を実施した。これにより宋の財政は改善されたが、利権を失う政商や旧法党（保守派官僚）の反対にあい、朝廷は新法党と旧法党に二分された。ひとり息子の夭折《ようせつ》を機に、南京市郊外に隠居した。名文家で詩も多く遺している。「唐宋八大家」の一人。

蘇軾（蘇東坡）……（一〇三六～一一〇一年）。北宋の文学者・政治家。眉山《びざん》（四川省）の人。字は子瞻《しせん》。号は東坡居士《とうばこじ》。日本では一般に「蘇東坡」として知られる。北宋を代表する名文家で「唐宋八大家」の一人。二十一歳で進士科に及第、官途に就くが、やがて王安石と対立して朝廷を離れ、地方の知事を歴任。四十四歳の時には、新法を批判する詩を作って投獄され、死刑を覚悟したが、長江中流域の黄州に流罪となった。その後、政局の変化により中央の要職に就くが、五十九歳の時、新法党の復権にともない、恵州《けいしゅう》（広東省）に流され、六十二歳の時、さらに南方の未開地・海南島に追放された。

六十六歳の時、また政局が変化して都に召還されたが、帰途に病を得て没した。

辛棄疾……（一一四〇～一二〇七年）。南宋の政治家・詞人。字は幼安。号は稼軒居士《かけんこじ》。歴城（山東省済南《さいなん》）の人。異民族国家である金の支配地に生まれ、科挙を受験するが合格せず、二十二歳の時、金の領内で混乱が起こると、二〇〇〇余人を率いて武装蜂起に参加した。やがて数万の兵を引き連れて南宋に投降。南宋では要職を務め、一貫して対金強攻策を主張した。しかし、後に官を罷免《ひめん》され、二十年にわたり、隠棲《いんせい》を強いられた。文人として名声を博し、望郷の念や時事への激しい憤り、宋による失地（華北）回復への願いを詠じた作品が多い。

あとがき

本書は、新聞のコラムに連載した記事をもとに、大幅な改訂を加えて成ったものです。二〇二二年の四月から二〇二三年三月まで、愛媛新聞の「四季録」というコラム欄に、毎週一千字程度の文章を寄せてほしい、そう新聞社の清原浩之さん（当時、生活文化部部長）からお声がけいただきました。当初は半年のはずでしたが、「できれば一年間」という話になり、毎週火曜日、五十二回の連載担当が決まりました。

回数が多いので全体を見通す設計図が必要です。私の専門である漢文学と二〇一八年から学び始めた茶道を二本柱にすること。二十四節気をすべて取り上げ四季の循環に寄り添いながら書くこと。この二つを基本軸に据えました。

さらに、新聞の連載ですから、できれば時事のニュースと繋がる内容も書き込みたい。肩肘張らず、たまにはクスッと笑ってほしい。そんな気持ちで、五十二回の担当分を、何とか書き終えることができました。

本書は、その記事をもとにしながら、内容や注記を大幅に加筆し、文体や体裁も改めて、書籍として生まれ変わったものです。

出版に際して、書家の藤井順子さんが題字を書いてくださり、同じく書家の楠目葉子さんに、椿の書画の掲載をご快諾いただきました。私の漢詩講座に長くご出席くださっているお二人の作品と共に、こうして一冊の本を出版できることは、望外の喜びです。

さらに、創風社出版の大早友章さんには、度々大学まで足を運んでくださるなど、たいへんお世話になり、励ましのお言葉や、貴重なアドバイスをいただきました。愛媛大学法文学部からも「令和5年度法文学部人文学講座研究推進経費・出版助成」を受けることができました。心より感謝申し上げます。

諸田龍美（もろた　たつみ）

1965年、静岡の茶どころ川根に生まれる。静岡大学教育学部卒業。九州大学大学院博士後期課程単位取得。博士（文学）。愛媛大学法文学部教授。専門は中国古典文学。世界一の愛（恐）妻家？　著書に『白居易恋情文学論』（勉誠出版）、『茶席からひろがる漢詩の世界』（淡交社）、『中国詩人烈伝』（淡交社）、共著書に『わかりやすくおもしろい中国文学講義』（中国書店）、『ゆっくり楽に生きる　漢詩の知恵』（学習研究社）、『漢詩酔談　酒を語り、詩に酔う』（大修館書店）など。

二十四節気をゆく　漢詩漢文紀行

2024年3月25日 発行　　定価＊本体 2000円+税

著　者　諸　田　龍　美
発行者　大　早　友　章
発行所　創 風 社 出 版
〒791-8068 愛媛県松山市みどりヶ丘9－8
TEL.089-953-3153　FAX.089-953-3103
振替 01630-7-14660　http://www.soufusha.jp/
印 刷　㈱松栄印刷所

© Tatsumi Morota　2024　　Printed in Japan
ISBN978-4-86037-340-5